# BIBIANA CAMACHO
## JAULAS VACÍAS

# NARRATIVA

DERECHOS RESERVADOS
© 2019 Bibiana Camacho
© 2019 Almadía Ediciones S.A.P.I. de C.V.
Avenida Patriotismo 165,
Colonia Escandón II Sección,
Delegación Miguel Hidalgo,
Ciudad de México,
C.P. 11800
RFC: AED140909BPA

www.almadia.com.mx
www.facebook.com/editorialalmadía
@Almadía_Edit

Primera edición: mayo de 2019
ISBN: 978-607-8667-04-8

Impreso y hecho en México.

# BIBIANA CAMACHO

## JAULAS VACÍAS

Almadía

La realidad exigía mucho de ella. Se examinó en el espejo para ver si el rostro se volvía bestial bajo la influencia de sus sentimientos. Pero era un rostro quieto que ya hacía mucho tiempo había dejado de representar lo que sentía.

CLARICE LISPECTOR

# La casa de campo

—¡Seguro Mariela está borracha! —gritó Diana al encontrar a su hermana mayor tirada en el cuartucho al lado de la cocina que fungía como bodega.

Mariela se resbaló y quedó lastimada del tobillo, no se podía levantar y prefirió quedarse ahí, boca arriba, mirando la reserva de mezcales, vinos, tequilas y vodkas que el papá almacenaba para eventos especiales.

—Mira nada más Mariela, acabamos de llegar y ve cómo estás —le dijo Diana, la hermana menor, mientras la ayudaba a levantarse.

—Pues yo tengo hambre —contestó en un tono de niña pequeña, aunque era la mayor.

—Voy a preparar algo de cenar. Diana, ¿me acompañas? —dijo Consuelo, la de en medio, mientras se encaminaba a la cocina, luego de haber acomodado a Mariela, ya sin zapatos, en el sillón.

—Te tomas muchas molestias con la borrachita, ¿no te parece? —comentó Diana en un susurro.

—Es nuestra hermana —respondió la de en medio.

Sacaron la despensa que compraron en el camino. Era sábado y pensaban marcharse el domingo. En una especie de coreografía ensayada durante toda la vida: limpiaron la estufa, el refrigerador, las alacenas y guardaron los víveres. Poco a poco un agradable olor a ajo frito inundó la cocina. Una picaba verduras, mientras la otra removía el aceite con cebolla.

El menú estuvo listo en pocos minutos: arroz, pollo con verduras, pan. Mariela roncaba, y aunque intentaron despertarla y la zangolotearon, no hubo modo.

—No puedo creer que haya bebido todo el camino y no te hubieras dado cuenta —reclamó Diana.

—¿Cómo me iba a fijar si venía de copiloto contigo, haciendo lo posible para que no te durmieras?

—Pues se supone que serías la encargada de cuidarla en el trayecto y, ya ves, llegó más briaga que nada.

—Pero ¿dónde carajos traía la botella? —preguntó Consuelo, mientras encendía un cigarro y le ofrecía otro a su hermana.

—Qué importa, en cualquier lado; acuérdate que le hemos cachado botellas de perfume llenas de licor barato.

Se quedaron un rato en silencio, paradas a la entrada de la cocina, con los cigarros encendidos. Percibieron un movimiento en el sofá, pero Mariela sólo se había acomodado. Así que siguieron charlando sin darse cuenta de que su hermana descansaba con los ojos abiertos, alerta para cerrarlos en cualquier momento.

—Pues yo digo que a Mariela no le toca nada —dijo Diana. Se hizo un largo silencio; Consuelo fumaba con la mirada perdida, su silencio era una especie de confirmación a lo recién dicho por la hermana. La vida entera de Mariela era un problema tras otro, cada uno peor que el anterior. ¿Cuántas veces la fueron a sacar de la delegación o la tuvieron que ir a rescatar de una cantina, y pagar la cuenta? ¿Cuántas veces sus padres tuvieron que ir a recogerla de la calle, donde la encontraban tirada, con frecuencia acompañada de otros teporochos?

A lo largo de los años logró moderar su compulsión por la bebida, se controlaba, tenía un trabajo estable desde hacía más de cinco años y había dejado de beber en las calles. Pero era demasiado tarde, nunca permaneció mucho tiempo con una pareja, no hizo una familia propia, y de los amigos ni hablar, no tenía. Sus padres habían muerto apenas hacía un mes, con diferencia de un par de días.

—Pues, yo la verdad no entiendo cómo se le ocurrió a mi papá dejarle más que a nosotras, ¿te das cuenta? —Diana insistía.

—Claro que me doy cuenta —respondió Consuelo mientras soltaba una bocanada de humo de cigarro—. Siempre fue la consentida y no logro comprenderlo, lo único que ha hecho en su vida es causar problemas. Preocupar a mis padres. Acuérdate de la vez que se escapó del centro de rehabilitación carísimo que le pagaron y que mi mamá anduvo enferma de la presión hasta que la encontramos.

—Mi marido y yo ya platicamos. No será nada difícil quitarle la casa. La declaramos no apta para recibir dinero y propiedades, su largo pasado nos garantiza éxito.

—No sé, no estoy de acuerdo con que mis papás le hayan dejado a ella la mayor parte, pero tanto como quitarle todo, eso es demasiado, yo no puedo —Consuelo apagó el cigarro consumido a medias y encendió otro—. Me da culpa, tampoco es mala persona, y la verdad es que ni tú ni yo necesitamos esta casa.

—Ya sé, pero no es por eso. Imagínate lo que va a hacer Mariela si recibe la herencia, ¿tienes una idea? Parece que no la conoces —Diana insistía.

—¿Qué quieres que haga? Mírala.

Las hermanas se quedaron un rato en silencio.

—Pues gastarse todo en la peda —susurró Diana.

Mariela seguía con los ojos abiertos, atenta a la conversación. No era la primera vez que escuchaba a su familia hablar de ella, casi siempre la daban por borracha, y no se enteraban de que cada vez bebía menos y que por lo tanto estaba más consciente de todo. Ya no era como en sus peores épocas, cuando se le borraban días enteros y despertaba de madrugada, espantada, sin saber qué día era, cómo había llegado a su casa, de dónde. Se precipitaba en busca de la bolsa, cartera, teléfono, llaves. Con frecuencia se le borraban varios días de la cabeza, a veces sólo mediante flashazos lograba recordar fragmentos breves y caóticos. Sus hermanas solían sacar provecho de eso, como cuando le echaron la culpa de que su mamá hubiera ingerido los medicamentos equivocados y terminara en el hospital. Mariela no se acordaba de nada, sólo recordaba que su madre la había recogido de la calle y la había arrastrado a la casa familiar. Pero luego su mente estaba en blanco. Sin embargo, juraba que ella no podía haberle dado los medicamentos; consciente de sus limitaciones, jamás se le habría ocurrido siquiera intentarlo.

Extrañaba a sus padres, sobre todo a su papá, que era el que más la regañaba, el que la sermoneaba todo el tiempo; pero también el que más la cuidaba, el que a escondidas le daba dinero o procuraba conseguirle trabajo con sus conocidos; incluso llegó a invitarle un trago con tal de que se le quitara la temblorina. Su mamá, en cambio, siempre fue más dura con ella, pero de otro modo. Le retiraba el habla: "Mariela es caso perdido, no es mi hija, no quiero verla". Y en efecto se comportaba como si esa hija suya no existiera, como si jamás hubiera nacido. En las celebraciones familiares no había lugar para Mariela en la mesa y se tenía que conformar con cenar en la cocina. Muchas veces ni siquiera la invitaban, temerosos de que llegara echa un desastre y les arruinara el festejo. En un momento dado, la madre repartió entre Consuelo y Diana sus joyas, algunas prendas y su preciada colección de muñecos de porcelana; a Mariela no le dio nada. Por eso ahora las hermanas estaban tan indignadas, la mamá había guardado varios objetos personales para Mariela, los más hermosos; y no sólo eso, además recibiría una parte equitativa de los ahorros de los padres, un porcentaje de la venta de la casa familiar y, por si fuera poco, para ella y sólo para ella estaba destinada la casa de campo donde ahora se encontraban.

—Pues mira, no sé por qué tienes tantos reparos, al final ni cuenta se va a dar de que la casa no es de ella, vela, siempre anda hasta la madre.

Pero Consuelo no estaba del todo convencida. En su mente se agolparon los recuerdos de infancia, cuando Mariela se hacía cargo de la casa y de sus hermanas porque los papás estaban fuera todo el día. Cocinaba, les ayudaba en las tareas, jugaba con ellas y encima no descuidaba sus estudios, siempre fue la de las mejores calificaciones. Consuelo piensa que debió ser muy duro para su hermana hacerse cargo de ellas cuando todavía era una niña; nunca se quejó y las cuidó con cariño. No tenía reparos en irse a pelear con las niñas que las molestaban. Desde muy pequeña aprendió a comprar en el mercado, a pedir el gas, a que no le vieran la cara con el dinero. No, no podía. Si sus padres decidieron dejarle la casa fue por algo, y no estaba dispuesta a confabularse contra su hermana. Por fin, respondió:

—¿Sabes qué, Diana?, yo no quiero la casa, por mí que se la quede mi hermana, fue la voluntad de mis padres.

—Ay, no te hagas la santa, hermanita, tú siempre te la pasabas quejándote y lloriqueando porque mis papás le ponían más atención a la borrachina; ahora resulta que le quieres dejar todo. No te olvides de que es a la única que enviaron a Europa, ya sé que se ganó una beca, pero de todos modos recibió dinero de mis papás. Piensa que es más grande que nosotras, que es la única que no tiene familia. ¿Para qué quiere la casa?

Mariela tampoco quería la casa, y escuchaba a sus hermanas con furia y compasión: no se decidía a levantarse y darles unas bofetadas como cuando eran niñas o, de plano, a echarse a llorar. Jamás se casó, tuvo un par de relaciones más o menos serias, pero nunca le pasó por la cabeza firmar un contrato ni tener un hijo. Conocía demasiado bien su vicio como para pretender crear una familia.

Se levantó de un salto y fue al baño; no miró las caras de sus hermanas, quienes estaban sorprendidas y preocupadas, pensando que quizá las habría escuchado.

—Qué hambre tengo —dijo Mariela cuando regresó.

Las otras dos se metieron a la cocina de inmediato, calentaron comida y le sirvieron un vaso con agua.

—¿Qué no habrá algo más fuertecito en esta casa?

Consuelo le preparó un vodka bien cargado. Mariela comió con apetito, se tomó el trago como si fuera agua fresca. Pidió otro y, esta vez, Diana lo sirvió.

Mientras comía, sentía las miradas de sus hermanas fijas en ella, trataban de dilucidar qué tanto había escuchado minutos antes. Hacía mucho tiempo que su familia y gente cercana se acostumbraron a desdeñarla, a veces la trataban como si no existiera, otras veces como si tuviera cierto tipo de retraso mental o simplemente con crueldad.

Acordaron levantarse temprano para asear la casa y hacer un recuento de los objetos que había dentro. Se fueron a acostar sin despedirse. Mariela, en lugar de ocupar un cuarto, se quedó en el sofá de la sala.

Se levantaron temprano, desayunaron, limpiaron y acumularon objetos en silencio. Diana tenía los ojos hinchados porque estuvo llorando buena parte de la noche, estaba alterada, aventaba cosas, azotaba puertas y emitía un sonido como de asco que no parecía estar dirigido a nada ni nadie en particular. Mariela se sentía estupenda, había dormido de corrido y no estaba cruda, de modo que no necesitó el típico trago de la mañana, pero se sentía culpable sin saber por qué. La casa sería de ella, pero estaba lejos de la ciudad y era de difícil acceso sin un carro, que por supuesto no tenía; además estaba descuidada y requería de varios arreglos. A Mariela nunca le gustó, le parecía oscura y con un penetrante olor a viejo que no se quitaba con nada; pero le guardaba cariño porque recordaba días enteros de diversión con la familia, con amigos, con algún novio.

—Creo que lo mejor es que ustedes se queden con la casa, no me siento capaz de hacerme cargo –las dos hermanas la miraron sorprendidas; eran las primeras palabras que alguien decía desde la mañana.

—Claro que te puedes hacer cargo de la casa, hermanita. Además, es la voluntad de mis padres, y por algo te la dejaron a ti –dijo Consuelo.

–Quizá Mariela tenga razón, apenas está medio recuperándose de años de borrachera, y darle otra responsabilidad a estas alturas seguro le hará más daño –Diana hablaba con Consuelo, como si Mariela no estuviera presente.

–Pues por eso mismo, este puede ser un refugio para ella, y yo creo que le hará bien ocuparse de algo distinto, así tendrá la mente puesta en otro lado.

–Sí, claro, ya me la imagino aquí sola, tirada de borracha, sin nadie que venga a rescatarla. Claro, me parece excelente idea –Diana alzó la voz. Mariela clavó la mirada en la mesa y, con los dientes apretados, dijo:

–Quédense con la casa ustedes, qué necesidad de gritar –pero Diana hizo como que no la escuchó y alzó todavía más la voz:

–¿Ves? La hermana mayor no quiere la casa, no la vamos a obligar a que tome algo que no quiere, ¿o sí?

–No me importa lo que digas tú o tú –dijo Consuelo mientras señalaba a ambas–. Mis papás le dejaron la casa a Mariela, y Mariela se va a quedar con la casa.

–¿Y también con el dinero y con las cosas de mi mamá? No, pues si quieres también le dejo mi casa de una vez, y así todos contentos.

Diana y Consuelo se enfrascaron en una discusión que abarcó varios temas rancios: la vez que se accidentaron camino a Acapulco con amigos por culpa del novio de Consuelo; todas las veces que los papás faltaron a eventos relevantes por cuidar a Mariela; el hecho de que, a pesar de las amenazas, Mariela siempre tuviera un lugar en la casa familiar; la vez que Diana le bajó el novio a Consuelo. Gritaron, lloraron, manotearon.

Mariela abrió los ojos de golpe. Todo estaba oscuro. Tenía frío y sentía el cuerpo entumecido. El vaho de su aliento alcohólico la puso en alerta: ¿dónde estaba, qué hora era, de qué día? Le temblaban las manos sin control, necesitaba ayuda, tenía un mal presentimiento, algo funesto estaba por suceder o quizá ya había ocurrido. Como pudo, se incorporó. Estaba en la bodega de la casa de campo. En el suelo había una botella vacía de vodka y un vaso roto. Dando tumbos llegó a la sala vacía. Todo estaba en orden, olía a limpiador de piso y a aceite para muebles. En cambio, ella tenía la ropa sucia y los zapatos enlodados.

—¡Diana! ¡Consuelo! —gritó con la garganta lastimada. No obtuvo respuesta. Las buscó en las habitaciones, pero no había rastro de ellas.

Aturdida, se sentó un momento en la sala; la cabeza le daba vueltas y necesitaba un trago con ansia. Estaba segura de haber ido ahí con sus hermanas para pasar el fin de semana, pero no había rastro de las maletas de ninguna, ni siquiera de la de ella. Discutieron por algo, pero no recordaba por qué. Luego se asomó a la cochera, no había ningún carro estacionado. Encontró su bolsa tirada en la entrada de la casa y, dentro, la cartera y el teléfono celular descargado. Lo conectó y esperó con impaciencia a que encendiera; necesitaba saber qué día era, la hora, quizá tendría algún mensaje. Se adormiló con el teléfono en la mano.

De pronto despertó sobresaltada, creyó escuchar que alguien gritaba, pero la casa permanecía en silencio. Recordó entre tinieblas que hicieron las maletas, después de limpiar la casa; y las tres, enfadadas, emprendieron el regreso a la ciudad. Luego se detuvieron en el mirador donde tanto le gustaba a su padre observar los cerros. Entonces, como si se tratara de una pesadilla, recordó que se quedó rezagada y que enseguida se acercó sigilosamente, mientras ellas seguían discutiendo, paradas en una parte desprotegida del mirador. Se acercó más, hasta que estuvo justo detrás de ellas; si estiraba la mano podría tocarlas, empujarlas. Luego nada, su mente en blanco.


¿Cuándo ocurrió eso?, se preguntó con insistencia, mientras le daba otro trago a su bebida. El teléfono se encendió por fin. Lunes, 7:23 de la mañana, sin mensajes.

# El videojuego

—Mi amor, ¿tú descartaste al intruso?

Georgina tenía el permiso de meterse a mi línea de comunicación sin que yo le otorgara entrada. Miré la pantalla antes de contestar y solicité un acercamiento. Sí, la noche anterior la alarma me despertó para avisar que un intruso merodeaba por el muro protector. Me pareció muy extraño que el servicio de limpieza no se lo hubiera llevado. Observé la grabación en cámara rápida, quizá se trataba de otro intruso que alguien habría descartado minutos antes; pero no, era el mismo de la noche anterior.

—¿Corazón?

*Descartar* era una palabra inapropiada, lo que en realidad hacíamos era asesinar a los que se encontraban al otro lado del muro. Por poco le contesto a Georgina que yo no había descartado al intruso, sino que lo había asesinado.

—Sí fui yo, y me parece muy extraño que el servicio de limpieza no se lo haya llevado.

—Tendríamos que avisar a la Central, ¿no crees?

Avisa tú, si tanto te importa. Una vez más me contuve. Georgina era mi vecina y estaba completamente adaptada al sistema Medida de Emergencia, tanto que era uno de los monitores más apreciados, es decir, una soplona profesional y despiadada. Con frecuencia me preguntaba a qué se habría dedicado antes, tenía aspecto de ama de casa tranquila y benévola. Siempre sonriente y amable, incluso cuando me preguntaba o "sugería" algo. Aunque me había acostumbrado al tono meloso con el que se dirigía a todo el mundo: "Mi vida, corazón, mi amor, estrella"; a veces hubiera querido meterle esas palabras por el culo o de plano descartarla.

—Ahora mismo doy aviso, gracias.

Avisé y me dispuse a trabajar. Luego de casi diez años desde la Medida de Emergencia, procuraba dedicarme al trabajo y no pensar en nada más. Casi no salía del departamento, no tenía a qué. Los alimentos se repartían en cada domicilio, recogían la basura que dejábamos en el pasillo. Y aunque el servicio médico era excelente, lo mejor era no enfermarse, a menos que fuera una gripa, un dolor de estómago o de muelas; pero si se trataba de algo más grave, simplemente eras declarado no apto para la comunidad y te enviaban sin previo aviso al otro lado del muro. Algunos enfermos crónicos habían intentado fingir salud, pero los monitores, gente como Georgina, terminaban por enterarse y daban aviso a la Central.

Estaba enfrascada en la revisión de documentos del siglo XIX de la Ciudad de México. Ese era mi trabajo: registrar y clasificar documentos históricos que habrían sido escaneados, poco antes de la Medida de Emergencia. Prácticamente todos los museos, bibliotecas, hemerotecas y fondos reservados habían sido destruidos por la propia Central, pues los costos de mantenimiento eran muy altos, pero principalmente para evitar que algún curioso encontrara el origen del estado actual de la sociedad. Nadie sabía quiénes eran, jamás se presentaban en público, simplemente tomaron el poder. Querían evitar a toda costa que conociéramos la historia; el pasado que nos permitiera entender el presente y actuar en consecuencia. Las obras de arte y el archivo estaban resguardados en un lugar seguro y secreto. Yo tenía acceso a los documentos que me proporcionaban a través de la computadora y conforme avanzaba en la clasificación y orden, me enviaban más. Era la única comunicación que podía recibir. Tuve suerte. Estuve a punto de trabajar en la Sección de Limpieza, que entre otras cosas, se encargaba de recoger a los intrusos descartados que todos los días caían fulminados en los alrededores del muro.

De reojo observé la pantalla que mostraba el lado de la muralla que nos tocaba resguardar; ahora eran cinco los intrusos descartados sin recoger. Llamé a la Central para reportarlos al Servicio de Limpieza. Me contestó una grabación, parecida a la que antes se escuchaba por teléfono cuando uno llamaba al banco: "Para reportar indisciplina, marque uno. Para reportar una falla en los monitores, marque dos. Para reportar una falla en el sistema de descarte, marque tres. Para reportar una falla en el Sistema de limpieza, marque cuatro. Para reportar a un enfermo, marque cinco. Para reportar una falla en el funcionamiento de su entorno, marque seis. Para reportar un hundimiento, marque siete. Para reportar un deceso, marque ocho. Para volver a escuchar la grabación, marque cero. Y recuerde que si llama y cuelga sin haber elegido alguna opción, recibirá un correctivo". Escogí la opción cuatro y luego la opción tres, en la que se ofrecía resolver problemas con los intrusos. Pero ya habían pasado casi cuatro horas y no sólo el problema no se había resuelto, sino que ahora los intrusos descartados se acumulaban del otro lado de la muralla.

Volví a llamar a la Central y repetí el mismo procedimiento. Hice una pausa para preparar mis alimentos cuando Georgina volvió a meterse en mi línea.

—Estrellita, ¿diste aviso a la Central, como acordamos?

—Lo hice hace cuatro horas y lo acabo de hacer de nuevo ahora mismo. No entiendo qué sucede. ¿Habrá algún problema de comunicación?

—¿Estás segura, corazón? Me parece muy extraño.

—Mira la pantalla, ahora debe haber más intrusos descartados de tu lado, en el mío ya hay cinco acumulados y nadie ha venido por ellos.


La Central dispuso que nosotros seríamos los encargados de nuestra propia seguridad. En cada departamento, escuela y oficina hay un monitor que permite ver el espacio de muro que tenemos más cerca; el kit incluye una pistola de plástico y un control para alejar o acercar la imagen, de modo que la puntería no falle. Es como un videojuego. La víctima cae fulminada, pero sin sangre o heridas visibles, no le estallan las vísceras; y pareciera que es un simple juego, pero no lo es, la persona muere y luego el Servicio de Limpieza se encarga de llevárselo. Cuando instalaron los equipos, nos dieron un manual de usuario que claramente explicaba que quien no se preocupara por su propia seguridad y la de sus vecinos sería descartado. La primera vez que leí las instrucciones no daba crédito, nos invitaban a matar a los que se habían quedado del otro lado, como si se tratara de un simple juego de X-box. Al principio observé con atención el rostro de los intrusos, por si lograba reconocer a alguien, pero nunca pude. Estaban deformes, supuestamente debido a la intensa contaminación que se habría generado en la ciudad por el hacinamiento, los miles de vehículos, las fábricas, la basura. Estoy segura de que la Central lo provocó; yo me salvé por casualidad. Vine al complejo de Santa Fe a recoger unos papeles del trabajo cuando sonó la alarma y me quedé dentro. Es paradójico, aquí donde estamos hubo alguna vez un basurero, el más grande de Latinoamérica, también minas de arena y grava, de modo que el terreno es inestable, el peor lugar para guarecerse de lo que sea. Luego echaron a los pobladores y construyeron torres lujosísimas de oficinas y departamentos, a donde poco a poco migraron los ricos.

Cuando la alarma sonó, ellos ya tenían preparado casi todo. Mientras construían el muro, mantuvieron a raya a los intrusos mediante tanques y militares. Luego, dejaron fuera a los militares que habían defendido Santa Fe, a su propia suerte. De hecho, ellos fueron los primeros intrusos que hubo que descartar, mediante el videojuego de la muerte que todos tenemos instalado en nuestras viviendas. Nos decían que por haber estado tanto tiempo cerca de los otros seguramente ya estaban contagiados, aunque no presentaran los síntomas, de modo que no teníamos más remedio que descartarlos.

−Tienes razón, mi amor. De mi lado hay siete −dijo Georgina con voz temblorosa.

−Quizá lo mejor sea contactar a la Central y averiguar lo que ocurre, ¿no te parece? −Georgina presumía con frecuencia sus contactos con la Central; yo no le creía nada, pero su afirmación resultaba intimidante. Ahora era el momento de demostrarlo.

−Sí, ya lo había pensado, usaré mi línea directa. ¡Válgame, cómo es posible que nos tengan así! −sólo le faltó decir "Pero me van a oír". Aunque su tono era decidido, noté cierto nerviosismo. Comí mis alimentos y regresé al trabajo; me sentía ligeramente contenta al pensar que por una vez Georgina estaría en aprietos.

Poco antes de terminar mi turno, llamaron a la puerta. Enfoqué la cámara al pasillo, era Georgina. Carajo, pensé.

—Hola, corazón, a punto de terminar tu jornada, ¿cierto? Te espero, tenemos que platicar —me tenía muy bien checada, como al resto de los vecinos. Hubiera querido correrla, pero efectivamente me faltaban diez minutos. No me quedó más remedio que dejarla entrar.

Hice más tiempo frente a la computadora simulando que aún revisaba archivos. No había Internet ni correo electrónico por el que nos pudiéramos comunicar al exterior o entre nosotros, así que no podía fingir una charla con alguien. De hecho varios ingenieros habían logrado burlar la seguridad y conectarse con el exterior, pero fueron descubiertos casi de inmediato y descartados. Ahora nadie lo intentaba, al menos que yo supiera.

Por fin apagué la computadora. Me sentía irritada, no sólo por la presencia de Georgina, sino por su penetrante mirada. Tenía algo que decirme que no me iba a gustar, eso se notaba de inmediato.

—Ayyy, corazón, estoy taaaaan preocupada.

—¿Por? ¿Qué te dijeron en la Central? —pregunté mientras observaba la pantalla. Aún no recogían los cuerpos, pero tampoco había más, lo cual resultaba extraño.

—Están en reunión privada. Peeerooo —arrastró la voz e hizo una breve pausa —he descubierto que aún no recogen la basura de los departamentos. Está acumulada en la planta baja del edificio.

—Mmmm —fingí desinterés, pero me asusté. El sistema nunca jamás había fallado. De hecho, la limpieza tanto interna como de las áreas comunes era una prioridad de la Central. Y el hecho de que no funcionara, y de que las llamadas no tuvieran efecto era una señal de que algo marchaba mal. ¿Pero qué? ¿Por qué? Georgina me sacó de mis cavilaciones.

—Como te decía, la basura sigue allá abajo. Y he descubierto algo inquietante —de nuevo hizo una pausa, tenía una mirada triunfal y una sonrisa siniestra. Yo volví a mis cavilaciones, ¿qué habrá pasado?

Antes de declarar la Medida de Emergencia, la Central se encargaba de hacer cacerías nocturnas para descartar a las decenas de miles de indigentes. La crisis económica provocó que mucha gente perdiera el empleo, el carro, la casa, la cordura. La clase media prácticamente desapareció, miles de personas se refugiaron en las calles. De hecho, según el último censo, eran más las personas desempleadas que las productivas; la mayoría era abrumadora. Durante algunos meses, los indigentes y desempleados abarrotaron las calles. Los plantones estaban en todas las aceras, a las puertas de todas las oficinas de gobierno, residencias particulares, empresas de telefonía, de televisión, de electricidad, tiendas de abarrotes, cadenas de alimentos, de ropa, de supermercado. No había un solo rincón en la ciudad donde no hubiera indigentes, muchos de ellos perfectamente organizados para obtener comida a como diera lugar. Resultaba prácticamente imposible circular en auto o en autobús sin que una horda de desarrapados se abalanzara con el semáforo rojo a pedir unas monedas por cantar, recitar, vender dulces, limpiar parabrisas o a cambio de seguridad. De nada sirvió el Plan de Limpieza y Disciplina que implementó el gobierno, que no era otra cosa más que cazar a los indigentes durante la noche. Lejos de desaparecerlos o intimidarlos, les proporcionaron el coraje para organizarse mejor: tenían varios escondites, ponían emboscadas a los policías, les robaron armas y municiones. Se convirtieron en una plaga que crecía cada día, pues la crisis se agudizó; y a mucha gente no le quedó más opción que unirse, incluidos policías y militares. Una rebelión organizada de gente muy pobre que había perdido todo y que por lo mismo ya no tenía nada que perder.

Yo logré conservar un empleo en una empresa que se dedicaba a catalogar, cotizar y sacar del país piezas de arte que pertenecían a gente adinerada. Me mantuve a flote con lo mínimo y, como estaba justo en el límite, los indigentes me dejaban en paz, sabían que pronto pasaría a formar parte de sus filas. Por eso me quedé dentro de los muros, porque cuando cerraron Santa Fe, yo estaba ahí y fingí formar parte del lugar.

—Me doy cuenta de que hace dos meses que no tiras toallas femeninas en la basura —dijo Georgina, pero yo no la escuchaba, sino que rememoraba que nunca supe lo que le ocurrió a mi familia, a Federico, a mis amigos.

—¿Escuchaste?

—¿Cómo? —pregunté desganada, segura de que Georgina iba a fanfarronear de su buena relación con la Central, como siempre hacía si le daba la más mínima oportunidad.

—Que hace ya dos meses que no tienes menstruación, ¿acaso estás embarazada sin permiso?

¡Mierda, chingao! Claro que no estaba embarazada, si ni siquiera salía del departamento, prácticamente no conocía a mis demás vecinos.

—Pues no, lamento decirte que no lo estoy. Cuando me estreso por el trabajo, la menstruación se interrumpe; no es la primera vez que me ocurre, como seguramente tú ya sabes —dije lo más tranquila que pude y fingí estar recogiendo algunos papeles del trabajo.

—¡Qué raro! ¿No será que eres del programa Infertilidad Saludable?

—No, ¿de dónde sacas eso?

Georgina se quedó un rato más en el departamento sin decir nada. Miraba el entorno como si fuera la primera vez que estuviera ahí; seguramente buscaba algún indicio de que yo mentía, alguna pista, algo que la ayudara a decidir si me acusaba o no.

—Bueno, pues a ver qué noticias tenemos mañana de la Central, hay taaaantas cosas de qué ocuparse —dijo al cerrar la puerta tras de sí.


Antes de implementar la Medida de Emergencia, la Central puso en marcha el programa Infertilidad Saludable, que consistía en esterilizar a los pobres, prácticamente a toda la población que andaba en las calles. A mí también me esterilizaron. La Central argumentó que era por nuestro propio bien, para no traer adefesios al mundo, pues el virus estaba ya en el aire, y los más expuestos, o sea, los más jodidos, corríamos un peligro mortal, sobre todo las mujeres que se embarazaban.

La Central prohibió a las personas esterilizadas que vivieran en Santa Fe. No me quedó mas remedio que fingir las menstruaciones cada veintiocho días. Sabía que revisaban nuestra basura y si veían desperdicios femeninos manchados no hacían mayores averiguaciones. Usaba acuarela, tomate y mis propios orines. Afortunadamente nadie confirmaba que se tratara efectivamente de sangre, seguramente el asco los detenía. Las que no tenían ese tipo de basura desaparecían para siempre.

Yo ya había pasado la edad fértil y no me habían obligado a tener un hijo, como hacían con todas las mujeres jóvenes, porque les servía más trabajando en los archivos. Hacía tres meses que había cumplido treinta y nueve años; me confié y pensé que ya no era necesario fingir mes con mes mi condición de fertilidad. En eso también tuve suerte, pues se sabía que había un grupo de sementales encargados de la reproducción al interior de los muros. "Hombres inteligentes y guapos, aptos para poblar el mundo con mejores personas." Así rezaba el anuncio que a veces interrumpía mi trabajo en la pantalla de la computadora, advirtiendo que cuando llegara el momento no habría posibilidad de negarme y que en todo caso me estarían haciendo un favor. Nunca supe lo que ocurría con los niños y sus madres. El edificio donde yo habitaba estaba poblado por profesionistas, hombres y mujeres solos que realizaban algún trabajo para la Central; gente sin familia que, como yo, evitaba salir de sus departamentos y se limitaba a hacer sus labores en silencio.

Pinche Georgina. Como no pudo hacerse la importante para resolver el problema de la limpieza, se puso a hurgar donde encontraría más información de nosotros que en las viviendas: nuestra basura. Quién sabe qué otras cosas habrá averiguado del resto de los vecinos, pero por su aire de suficiencia no fueron pocas. En cuanto salió de mi departamento de seguro se comunicó con la Central y marcó la opción seis, que es la adecuada para acusar a los vecinos por la menor falta o sospecha. Una llamada de estas era suficiente para ser trasladado al otro lado del muro, sin investigación, ni preguntas.

Observé la pantalla, ahí seguían los mismos cinco cuerpos. La alarma de intrusos no había sonado en todo el día, lo cual resultaba todavía más inquietante que el silencio de la Central, pues los de afuera merodeaban día y noche. Y en un día tranquilo había hasta veinte descartados. Pero desde la noche anterior sólo había cinco. Acerqué la cámara lo más posible para tratar de identificar alguno de los cuerpos, les calculé de cuarenta a cincuenta años, tenían el rostro derretido, como si hubieran sido víctimas de un ataque con ácido. Además, sus manos tenían solamente tres dedos, el resto parecían cueros colgantes. Los rostros que alcanzaba a ver a través de la cámara tenían una expresión tranquila; eso me pareció o eso quise creer.

No pude dormir. Pensé que Georgina no tendría elementos para acusarme de nada, pero también sabía que la Central no investigaba y se tomaba muy en serio cualquier denuncia. Tenía miedo, pero no porque me echaran al otro lado del muro, sino porque presentía que algo diferente ocurría. El descuido del Servicio de Limpieza era muy raro, alarmante. Georgina, quien supuestamente tenía línea directa con la Central, tampoco logró que el Servicio de Limpieza hiciera su trabajo. Estuve merodeando con la cámara en los lugares que teníamos permitidos. El pasillo, la entrada del edificio, la parte del muro que me correspondía vigilar, y nada. De pronto noté una sombra que se desplazó rápidamente en la entrada del edificio. Fue algo fugaz, como si un fantasma hubiera atravesado corriendo de extremo a extremo el área que podía ver a través de la cámara. Suspiré, ya me había ocurrido en otras ocasiones. Alucinación depresiva, le llamaban. Se supone que es un síndrome que nos hace ver cosas que no existen y es producto de la soledad en la que vivimos. Dura unas horas y desaparece, pero si no desaparece y la Central se da cuenta, tienes que irte al otro lado del muro porque ya no sirves para vivir en sociedad. Aunque nunca he entendido a qué le llaman sociedad, si todos vivimos aislados, no nos conocemos y mucho menos interactuamos.

Di otro recorrido con la cámara y entonces no me quedó duda de que había un montón de sombras merodeando por la entrada del edificio, el muro e incluso el pasillo, justo afuera de mi departamento. Corrí hacia la mirilla y traté de observar, pero alguien había puesto un obstáculo. Regresé a la pantalla, los cuerpos del muro habían desaparecido. Traté de contactar a Georgina, pero no me contestó, y yo no podía comunicarme directamente si ella no me daba acceso. Llamé a la Central, me contestó la grabación de siempre y marqué la opción seis. Luego la comunicación se cortó. Tomé la pistola de plástico y apunté a la pantalla que reflejaba decenas de sombras que iban de un lado a otro, pero no me atreví a accionar el gatillo. Creí que venían a rescatarnos, no sé por qué cruzó esa idea por mi cabeza. ¿Será la gente que vive del otro lado del muro o será alguien más? ¿Cómo saberlo?

Agucé el oído pegado a la puerta del departamento, pero no escuché nada. Entonces abrí. Si habían traspasado el muro, yo quería verlos, saber quiénes eran. Sobre la mirilla había un chicle pegado; eso era todavía más extraño porque las golosinas estaba prohibidas, así como el alcohol, el cigarro, el azúcar, la sal. Era una medida preventiva para mantenernos sanos y no gastar en servicios médicos, porque si uno se enfermaba se convertía en un intruso.

El chicle color rosa aún estaba suave y en un extremo se veía la marca de un diente. Entonces una cascada de recuerdos aparecieron en mi mente. Recordé a mis padres, hermanos, amigos y a Federico, que se habían quedado del otro lado. Las demás puertas estaban cerradas y no escuché nada. Toqué el timbre de Georgina; no me abrió. Estuve un rato mirando de un lado a otro. Luego me aventuré a las escaleras, pero la puerta que les da acceso estaba sellada. Llamé al elevador; mientras esperaba pensé que alguien vendría dentro, pero llegó vacío.

Regresé a mi departamento; la pantalla estaba apagada, intenté encenderla varias veces sin éxito. Me recosté, estuve largo rato recordando mi vida pasada, antes de las Medidas de Emergencia, antes del Plan de Limpieza y Disciplina, antes de la gran crisis. Me quedé dormida de tanto llorar, ¿cómo había sido capaz de olvidar todo aquello durante diez años?


—Corazón, mi vida, ¿ya te levantaste? —la inconfundible voz melosa de Georgina me despertó—. Ya es tarde, ¿eh? Tu jornada está por comenzar.

No le contesté, me di un regaderazo rápido y me preparé café. Encendí la computadora y me dispuse a trabajar. Todo había sido un sueño, pensé, al ver la pantalla que funcionaba perfectamente; al otro lado del muro no había ni rastro de los cuerpos del día anterior. Luego observé el pasillo y la parte exterior del edificio: todo tranquilo.

—Mi vida, ¿ya estás trabajando? Sólo te quiero preguntar algo, no te quiero interrumpir, eso que me decías de la menstruación…

—¡Basta Georgina, deja de dar lata, chingá, estoy trabajando! —estaba de malas y en ese momento me daba igual que llamara a la Central para acusarme. Por fin dejó de molestar. Yo no lograba concentrarme, los recuerdos se arremolinaban en la memoria. Extrañaba mi vida anterior, a la gente que amaba, ¿qué caso tenía mantenerse con vida completamente aislada, muerta de miedo, sin gente querida y encima asesinando a los que se hallaban del otro lado del muro?

Poco antes de la comida Georgina tocó a mi puerta. Estaba por correrla cuando me jaló hacia su departamento. Estaba pálida y le temblaba la barbilla. Sin decir palabra me mostró su pantalla, mucho más grande que la mía y con varios recuadros pequeños para tener una visión más amplia de nuestro entorno. Había gente en Santa Fe: los de afuera habían logrado entrar; eran miles de personas deformes, organizadas en grupos que entraban a las torres; traían armas de todo tipo, ropa adecuada para un combate. Nuestra torre era la última y estábamos justo al lado de una que se había derrumbado; las minas no habían soportado tanto peso y prácticamente se tragaron al edificio. Había una especie de cráter y los de afuera ya lo estaban atravesando. Georgina hizo varios intentos por llamar a la Central, estaba desesperada, lloraba y repetía una y otra vez: "No me pueden hacer esto a mí, desgraciados, no me pueden hacer esto a mí". Su desconsuelo se debía a que no se la habían llevado a un lugar seguro, si es que alguien pudo escapar.

Me levanté de un salto y dejé a Georgina sollozando, llamé al elevador y bajé a la planta baja. Los intrusos se aproximaban corriendo y yo abrí los brazos, creí ver a Federico y a mi hermano. Luego vi que levantaban las armas y me apuntaban, como en un videojuego.

# ¿Qué estás soñando?

La pregunta en un susurro la hizo sobresaltarse: "¿Qué estás soñando?" Miró alrededor todavía amodorrada, pero con el susto ahuecándole el estómago. No había nadie. Se dejó caer en la almohada y apretó los ojos.

El recuerdo del día, meses atrás, en que Yolanda desapareció regresó a su mente con una claridad abrumadora: al salir del elevador un sábado, pasado medio día, percibió el olor a esmalte de uñas que tanto detestaba. Lo habían hablado varias veces. "Píntate las uñas cuando no esté en casa y abre las ventanas para que se vaya la peste." Azotó la puerta en cuanto el pestillo dio de sí. Creyó que la encontraría aplastadota en el único sillón del departamento, con los pies sobre el cristal de la mesa de centro, en la que habría varias botellitas de barniz de distintos colores y una cerveza en el piso. En efecto se topó con la escena que conocía tan bien, pero de Yolanda, nada. Abrió la puerta del baño sin tocar: nadie. Las pantaletas de ambas estaban colgadas una en cada llave del agua de la regadera. Las de ella, grandes y de algodón; las de Yolanda, diminutas y de encaje. Descubrió la taza del excusado lleno de mierda y la coladera de la regadera tapizada de los pelos tintados de azul de Yolanda. Ya le había dicho que los recogiera cada vez que se bañara, porque le daba asco toparse con ese conjunto de cabello celeste que no sólo obstruía el desagüe, sino que adquiría formas caprichosas como insectos repugnantes.

Dentro de la habitación desordenada tampoco encontró a Yolanda. Había ropa regada por todas partes. Varios pares de zapatos tapizaban el área de la duela cerca del clóset. Sobre el espejo con marco de latón colgaba un par de vestidos, entre los que reconoció uno que tenía rato sin encontrar y que pensó que estaría perdido en las profundidades de sus cajones. "Trampa, mentira", esas dos palabras fueron las primeras que se le vinieron a la mente. Regresó a la sala y, después de meditar durante algunos segundos, tuvo el presentimiento de que la encontraría en su habitación; la muy cínica quizás estaría hurgando en sus cajones, en su armario. Le pareció raro que, con todo el escándalo, Yolanda no hubiera salido a su encuentro con esa sonrisa encantadora de "no rompo un plato" con la que lograba, con harta frecuencia, salirse con la suya. Pero en su cuarto tampoco estaba, a pesar de los indicios de que seguro había estado ahí momentos antes. Leticia solía ser sumamente ordenada y meticulosa con sus cosas, de modo que los cajones abiertos con la ropa regada y los cosméticos abiertos sobre el tocador no eran obra de ella.

Regresó a la sala desconcertada; el enojo iba y venía en oleadas intensas. Yolanda era desordenada, olvidadiza y confianzuda, pero se conocían hacía tanto que Leticia le tenía cariño y habían aprendido a convivir juntas.

Las preguntas se arremolinaron en su cabeza: ¿Y si le pasó algo?¿Y si alguien entró a casa? Observó la sala, no parecía faltar nada; la televisión, el aparato de sonido y las bocinas estaban en su lugar. De hecho había un disco en la tornamesa, uno de Thelonious Monk que Yolanda jamás escuchaba porque la aburría.

En su habitación, la computadora, la impresora y la cámara estaban en su lugar; apenas movidas de sitio, lo que confirmaba que el huracán Yolanda habría removido las cosas. Abrió el cajón de emergencias; el dinero estaba intacto. Luego revisó la puerta debajo del cajón de su buró y sacó la cajita que estaba hasta el fondo del joyero. Ahí reposaban las únicas joyas de valor heredadas de su abuela: arracadas de oro, un collar de perlas con un broque elaborado de plata antigua, y un brazalete con turquesas.

Intrigada, y ya con un naciente terror en la boca del estómago, regresó a la habitación de Yolanda. Entre el caos, pudo identificar no sólo la computadora, impresora, cámara, tablet y otros artefactos electrónicos para jugar videojuegos. También vio la bolsa que siempre cargaba y, dentro, la cartera, las llaves del departamento, las llaves de casa de sus papás, sus identificaciones y hasta el carnet médico de su gatito que había muerto recientemente.

Se paralizó. Todo el coraje que había acumulado minutos antes ahora era pura desesperación e incertidumbre. No se atrevía a llamar a los padres de Yolanda para no alarmarlos. Se tranquilizó con la idea de que seguramente regresaría en cualquier momento, alegando que había salido por un mandado y había olvidado las llaves y el dinero y todo.

Leticia permaneció durante varios minutos sin saber qué hacer. Cada que escuchaba un sonido, por sutil o lejano que fuera, se sobresaltaba y miraba esperanzada a la puerta. Como no aparecía, llamó al chico con el que su amiga llevaba dos semanas saliendo. Lo conoció en una tienda de discos a donde Yolanda fue –le confesaría después– a sustituir un disco de Leticia, que había arruinado por descuido. Era un disco de música de los setenta que tenía en la portada la foto de un tipo con gafas de montura gruesa y cabello medio largo negro. "Nada que ver con tus gustitos refinados", se burlaba Yolanda, que ponía el disco una y otra vez porque era el único que le gustaba, hasta que terminó por rayarlo. Yolanda confesaría que acudió a varias tiendas de acetatos hasta que encontró exactamente el mismo disco, con la misma portada, para reemplazarlo antes de que Leticia se diera cuenta. Justo ahí conoció a Alonso.

Leticia lo llamó y llegó casi de inmediato.

—¿Andabas por aquí?

—Sí, muy cerca, de hecho venía para acá, quedé de pasar por ella —afirmó mientras veía la hora, 5:30 de la tarde—. Claro que no iba a estar lista, lo sé, de hecho andaba buscando un café donde meterme —manipuló el celular—. ¿Ya le marcaste, verdad?

A Leticia no se le había ocurrido. De pronto los dos se quedaron quietos, al escuchar la canción de Cri-Cri. Anduvieron por el departamento en busca del celular. Primero buscaron en la recámara, pero el sonido prácticamente desaparecía ahí dentro. En la habitación de Leticia tampoco estaba, ni en la cocina ni en la sala; lo hallaron en el baño, dentro de un cesto donde Yolanda guardaba cosméticos.

—Ella jamás saldría sin su celular.

Leticia estaba de acuerdo, pero no dijo nada. Yolanda era capaz de salir sin llaves, dinero o zapatos, pero por nada del mundo dejaba el celular.

Alonso inspeccionó el baño con cuidado; si el celular estaba allí, sin duda habría sido el último lugar donde estuvo antes de desaparecer. Nada tenía sentido. Sus chanclas y toalla estaban secos, en su sitio. Fue cuando vio la mierda en el escusado.

—Así estaba cuando llegué —dijo apenada mientras accionaba la palanca—. No sé por qué la dejé ahí. ¿Llamamos a su familia?

—No sé. No sé.

Ambos removían las cosas de Yolanda en su habitación. Recogían y doblaban la ropa, acomodaban los objetos esparcidos, como si el orden pudiera traerla de vuelta. Aprovecharon para hurgar en los cajones, donde no encontraron nada extraño: ropa, bisutería, libretas, cosméticos, chucherías, tarjetas de presentación y notas sin importancia, direcciones, folletos, boletos de espectáculos a los que habría acudido.

Yolanda no apareció ese día, ni al siguiente ni una semana después. La búsqueda emprendida por la familia, Alonso y Leticia resultó infructuosa. Pasaron semanas que se convirtieron en meses. Leticia se habituó a vivir en un estado de alerta permanente, buscaba a su amiga en los miles de rostros que se topaba por las calles, esperaba que en cualquier momento se abriera la puerta y Yolanda saludara, cantarina y despreocupada.

A pesar de que despertaba varias veces sobresaltada, Leticia permaneció en el departamento a petición de la familia de Yolanda, pero la espera se hizo insoportable, angustiosa. Solía escuchar pasos, suspiros en la habitación contigua, incluso la música que le gustaba, como una prueba de que Yolanda no estaba lejos; es más, que ni siquiera se había marchado del departamento. Varias veces estuvo a punto de gritar de terror al percibir con una claridad escalofriante los pasos de Yolanda, que se dirigían a su habitación cuando padecía insomnio y le pedía que la dejara dormir en su cama.

A veces, antes de entrar al departamento, percibía el inconfundible olor a esmalte de uñas e imaginaba que encontraría a Yolanda desparatingada sobre el sofá, con los pies sobre la mesita de centro y con tres o cuatro frasquitos coloridos de esmalte abiertos. Y aunque el olor tardaba en disiparse, dentro jamás había nadie.

Leticia, que siempre había sido incrédula y se burlaba del tarot, los horóscopos, las limpias, terminó por ir a ver a una mujer que supuestamente era capaz de desentrañar el alma humana y sus misterios. Pero ni siquiera se atrevió a iniciar la sesión, porque la primera pregunta que le hizo la mujer fue: "¿Qué estás soñando?" Y Leticia salió despavorida, pues reconoció a Yolanda en la voz de la supuesta adivina, quien tenía la manía macabra de despertarla de madrugada para hacerle esa pregunta, con el pretexto de que la había escuchado gritar o hablar entre sueños.

Estaba segura de que una vez instalada en otro departamento, los ruidos y la pregunta constante desaparecerían. Pero no fue así. El olor a esmalte de uñas, la regadera goteando, los pelos azules en la coladera del baño, el olor a café a las cinco de la mañana, los pasos en la madrugada para irse a acurrucar a su cama, y sobre todo la pregunta "¿Qué está soñando?", la acompañaron a su nuevo hogar.

## Simón

No me deja dormir. Escucho sus sollozos y, por más que he intentado abrir la puerta, no lo logro. La trancó de algún modo. Ya le hablé con cariño, lo amenacé con correrlo de la casa y hasta con aventarlo por el escusado, pero nada. Ahora ni siquiera me dirige la palabra, no tengo idea de lo que me reprocha o de lo que hice, no entiendo cómo puede durar tanto tiempo disgustado: barrita y grita, grita y barrita; ahora, después de tanto tiempo sé distinguir perfectamente un sonido del otro. El barrito casi siempre es festivo, se prolonga y en su duración tiene diferentes matices que suben y bajan como si se tratara de una melodía armoniosa y agradable; en cambio, los gritos suenan siempre desesperados y urgentes, como si estuviera al borde de la muerte. Ya intenté pasarle un poco de cacahuate fresco y recién pelado, como le gusta, a través de la persiana de la puerta del anaquel inferior del escritorio, pero el muy bruto, aunque saca la trompa, no es capaz de sostener el alimento.

Pongo una placa para mosquitos. Odia ese olor y dice

que le da náuseas, a ver si así deja de hacer berrinche y decide por fin salir de su refugio. Lo que más me preocupa, y espero no habérselo dicho nunca, es que ahí guardo mis recuerdos más preciados. Las fotos familiares, de amigos. Mis diplomas y reconocimientos, que sólo sirven para engrosar mi CV, cartas, recortes de periódicos, postales, dibujos. Me da miedo que destruya cosas, que se orine encima. Quito la placa para mosquitos y pongo atención a los sonidos. Nada parece haber cambiado, los barritos siguen igual en intensidad y tono, o al menos eso me parece. Ya no intento consolarlo ni razonar con él. No tengo idea de lo que pudo haber ocurrido.

Hago un recuento: amaneció de buen humor. Anduvo corriendo por todo el departamento. Jugaba con un llavero en forma de elefantito que le traje de una cantina, de esos que prenden una lucecita. Lo traía jodido al pobre llavero, de un rincón al otro. Barritaba lleno de alegría, lo dejaba en un sitio largo tiempo mientras observaba cómo parpadeaban las luces intermitentes azules y rojas. Antes de que me fuera a trabajar se aburrió y dejó el llavero botado en la cocina.

Como a mediodía, Simón se conectó al chat de Facebook y platicamos de manera intermitente. Me contó que el llaverito lo había fastidiado y ahora estaba debajo de la cama, pero que por favor le llevara otro. Le expliqué la dificultad de encontrar esos objetos. Los vende gente en las cantinas, dije, tendría que ir a una y luego esperar que se apareciera el vendedor justo con esa figura, porque a veces ofrecían otras. Pero Simón no me tomó en serio, pensaba que era tan fácil como ir a una tienda a comprar un refresco.

En la noche, llegué a casa con las manos vacías; Simón no parecía decepcionado, de hecho estaba un poco ebrio y descubrí, mientras nos cocinaba la cena, que le había bajado casi la mitad a la botella de un coñac que me regalaron en la oficina hacía meses y que aseguró, el día que lo probamos, que no le gustaba. La cena fue amena. Me platicó que pensaba irse al campo, Yo no soy una persona de ciudad, dijo. Y al calor del vino nos carcajeamos con su absurda aseveración. Incluso comimos postre, cosa inusual en las cenas, que procurábamos frugales para poder dormir con tranquilidad y, sobre todo, para evitar las flatulencias de Simón. Como pocas veces, me ayudó; con la trompa más grande que su cuerpo, enjuagó platos y vasos con tanta presión, que de inmediato quitaba restos de jabón y alimentos.

Ya en la cama, todavía me pidió que le leyera un cuento, a lo que accedí porque me parecía que habíamos pasado una velada estupenda. Leí *Dumbo*, su cuento favorito, ¿habrá sido eso lo que lo alteró tanto? Tenía mucho tiempo que no me lo pedía y yo misma lo evitaba porque sabía que se ponía mal y duraba varios días triste, sin salir del armario.

Nos dimos las buenas noches y cada quien se acomodó en su lugar; pero en la madrugada, me levanto espantada, escucho que regurgita, ¡se ahoga! Tengo mucho miedo de que se muera, ahí, está encerrado en el gabinete de mi escritorio. Corro a la cocina por la caja de herramientas y saco un desarmador. Al volver todo es silencio, un silencio pesado y pegajoso, falso y traicionero. Pego la oreja a la persiana, de pronto siento una especie de lengüetazo. La trompa de Simón desaparece de inmediato y escucho una carcajada ronca y cristalina, como de un viejo gangoso que aún conserva destellos de una voz clara y hermosa. Enojada, me siento engañada. "Pinche Simón", pienso, "ahora que salga verá, si no es que yo lo saco antes, malagradecido". Pero de pronto la carcajada se convierte en un llanto convulso; a través de las persianas, me salpican mocos y lagrimones. No se me ocurre otra cosa que ofrecerle un trago, pero no sólo lo rechaza, además dice: Todo es por culpa tuya, todo, te odio, esta no te la perdono jamás. Petrificada, sin la menor idea de lo que dice, hago un recuento del día en la oficina: fue uno tan monótono como cualquier otro, ni siquiera salí a comer. Me tragué una ensalada desabrida frente al monitor de la computadora, mientras chateaba con él y veía catálogos de cobertores y manteles que desde hace tiempo necesito.


Oye Simón, ¿qué hice? pregunto confundida, pero en lugar de una respuesta escucho un grito espantoso, profundo y lleno de furia que me pone la piel de gallina, siento una ola de electricidad que me recorre la espalda. ¿Qué pude haber hecho? ¿Descubrió algo de mi pasado, allá adentro, que lo enfureció?, pero ¿qué?

Rememoro cuando nos conocimos. Quiero recordarle que él fue quien topó su trompa en mi tobillo aquella noche en la cantina. Quiero que recuerde que tuve la decencia de no anunciarle a nadie su presencia, quiero que no olvide que le estuve pasando tragos de vodka mientras transcurría la velada. Quiero que me agradezca que le tirara cacahuates sin chile como por accidente.

Además, me urge que refresque su memoria y reconozca que yo lo saqué de la cantina; que no hizo nada por levantarse, sostenerse, espabilarse, y que lo sostuve en mis manos antes de depositarlo dentro de mi bolsa favorita, que se desgarró. Y que nunca lo dejé solo, aunque no sabía quién era o de dónde había salido. Ebria y tambaleante, lo llevé a casa, le hice una camita con bufandas sobre mi tocador.

Simón, susurro, ¿estás bien? Nada. ¿Estará muerto? Es tan dramático, pienso, que estoy segura de que el día que deje este mundo, hará todos los aspavientos posibles. Simón, repito, una y otra y otra vez: ¡Simón, Simón, Simón, Simón! Pero no responde. Tomo el desarmador y lo introduzco entre las puertas, luego jalo del lado que no tiene asidero en el mueble, con tal fuerza y desesperación que la puerta da de sí de inmediato. No lo veo. Luego de remover algunas cosas, descubro a Simón, inmóvil, acostado sobre una pila de fotografías. Meto las manos y lo saco. Lo acuesto en su cojín favorito sobre mi cama. Acaricio sus patas gordas y le paso los dedos sobre la trompa. Todo su cuerpo se infla y se desinfla en cada respiración. Quiero despertarlo, pero no quiero despertarlo.

Me asomo al anaquel de mi escritorio y percibo olor a alcohol. Saco fotografías y documentos. Al fondo encuentro la botella del vodka ruso que me trajo una amiga querida hace apenas una semana. Está casi vacía. Ahora escucho ronquidos. "Hijo de puta", pienso mientras me tomo el último trago de la botella. Ya que saqué todo, me dispongo a ordenar, hago montones de cosas que se relacionen, pero al abrir los sobres con fotos, me cohíbo. Necesito un trago, voy a la cocina y vuelvo con un vaso y una botella de vino. Ahora los ronquidos de Simón son insoportables.

Yo era una niña regordeta, sin mucha gracia. Luego me transformé en una muchacha espigada sin mucho atractivo, y luego en una mujer rellenita, con cara amistosa. Estiro la mano para servirme más vino y descubro la botella vacía. Simón no puede contener la risa, recostado en su cojín favorito. Tiene la trompa púrpura y los ojos brillosos.

¿Qué tenías pues?, pregunto. ¿Por qué tanto drama? En lugar de contestar, llora y barrita. Chingao, le digo. Me siento culpable.


Simón vive conmigo desde hace ya un año y por su culpa no tengo novio ni invito gente a casa. ¿Qué van a decir de que tenga a un paquidermo rosa del tamaño de un ratón viviendo en mi casa? Dramático, además, y demandante.

Chillón, y por si fuera poco, pedorro y con mal aliento. Y a últimas fechas borracho. Decido, una vez más, que mañana mismo lo llevo al campo, al fin que siempre dice que es su lugar natural y que no pertenece a la ciudad. Luego abro otra botella de vino y terminamos la velada a las carcajadas.

En señal de paz, me acaba de regalar una mariposa, dos libélulas y un escarabajo dorado.

## Siempre estoy para ti

Pensó que iba a llorar o a ponerse triste, pero estuvo tranquila, relajada, incluso contenta. Sus amigas la felicitaron sin saber detalles de su cambio de vida, pero todas coincidieron en el hecho de que tenía buen aspecto. Además se sentía bien, tranquila y confiada. ¿Por qué tuvo que toparse con él tan pronto?

—¡Qué delgada estás! Deberías cuidarte, te ves demacrada, como chupada. Mira nada más que ojeras, parece que no has dormido en unos años; en serio, cuídate; quizá deberías ver a un especialista.

Lo escuchó estupefacta, no esperaba encontrarlo, no quería verlo y mucho menos escucharlo. H. era guapo, encantador, la miraba con ojos preocupados, como si de verdad le importara. Como si entre ellos no hubiera ocurrido nada.

Le sonrió con tristeza y trató de seguir su camino, pero H. la retuvo y le dijo que le daba gusto verla, que si le hacía esos comentarios era por su bien, porque le preocupaba y le dolía verla en ese estado. Ella no contestó.

Estaba de vuelta en la ciudad después de casi seis meses de ausencia, durante los cuales estuvo trabajando en un proyecto en un pequeño poblado que le había permitido reconciliarse con la comida, la bebida, la soledad y el ocio. Además traía algo de dinero ahorrado, de modo que su plan era tomarse algunos meses de descanso y reacomodo.

Regresó con el mismo silencio con el que se marchó, sólo su familia y amigos más cercanos estaban enterados. Y todos, al verla de nuevo, coincidían en su recuperación.

—Tienes un semblante de paz que no te conocía —fue lo primero que le dijo Gabriela en cuanto la saludó, a las puertas del restaurante donde se quedaron de ver.

Y en efecto, se encontraba flotando en una especie de nube, con la cual por un lado se sentía protegida, pero por el otro, sabía que esa comodidad no le permitía observar a su alrededor con claridad. Tampoco le importaba.


Cuando se marchó de la ciudad iba herida de muerte y pensó que no se recuperaría. H. había sido la pareja perfecta durante varios años, hasta que un ataque de ansiedad que la llevó al hospital, luego de otros pequeños y cotidianos, la puso en alerta: algo estaba mal. H. siempre estaba a su lado, siempre. Todo el tiempo le decía qué hacer, cómo hacerlo; se afligía cuando ella no le dedicaba tiempo y, a fuerza de chantajes y debilidades fingidas, la tenía sometida. Ella se angustiaba y procuraba el bienestar de H., no se separaba nunca y observaba cada movimiento que hacía. A pesar de que la separación ocurrió de manera tranquila, una angustia oscura y sofocante se apoderó de ella y, en cuanto pudo, se marchó de la ciudad. La distancia le sentó bien, los largos recorridos por el campo, el aire limpio, la incomunicación, los ruidos nocturnos, el viento fresco en la cara.

Desde su regreso, una placentera nada inundaba sus días enteros. Se dedicó a leer, a dar largas caminatas, a visitar museos, a asistir al cine o al teatro, a andar en bicicleta. Sin embargo, en su memoria no almacenaba recuerdo alguno. Apenas terminaba un libro y olvidaba de qué se trataba, sólo le quedaba una ligera sensación de placer; lo mismo le ocurría con el cine, el teatro o las exposiciones. Las observaba con atención, encontraba coincidencias con otras obras o incluso con escenas de la vida cotidiana, pero en cuanto abandonaba el recinto, su memoria parecía sufrir una especie de borrado radical. No recordaba nada y eso la hacía sentirse tranquila.

Pensaba que aquellos seis meses durante los cuales se concentró solamente en el trabajo y en disfrutar los pequeños placeres, le habían conferido un escudo protector. Era capaz de observar la belleza y disfrutarla, pero la olvidaba de inmediato, justo para evitar que, en un futuro, su ausencia le causara desazón.

Estuvo tranquila y ausente, hasta que ocurrió el segundo encuentro con H. Se alejaba del Centro a paso lento; había visto una exposición titulada *Melancolía* y, aunque tenía el resabio de una emoción intensa, esta se diluía con cada paso y ni siquiera retenía en la memoria los colores de un cuadro que la había impresionado. Caminaba atenta al suelo accidentado, pero sin perder de vez en cuando el espectáculo de las nubes rojizas y dispersas que parecían pinceladas en un lienzo azul.

—¿Qué tal? Qué milagro.

Volteó sobresaltada, no había captado las palabras, pero el timbre de la voz le removió algo dentro del estómago.

—¿Qué? ¿No me vas a saludar, como la otra vez? —H. la jaló suavemente por el antebrazo y le dio un beso salivoso en la mejilla. Vestía con elegancia, como siempre, y su sonrisa embaucadora estaba como tatuada en su rostro.

La sensación fue tan desagradable que se limpió el cachete con el dorso de la mano.

—Ja, ja, ja, ja, ja, ja, no es para tanto.

Siguió caminando con paso lento, pero con una turbación creciente. H. se encaminó a su lado y se puso a hablar de las novedades ocurridas durante su ausencia.

—Ya ves que la otra vez ni pudimos platicar, traías mucha prisa, creo que ibas a reunirte con tus amigas, ¿no? —ella asintió sin detenerse y sin mirarlo de frente.

»Vives cerca, ¿verdad?, ¿vas a tu casa?

Asintió de nuevo con desgana, resignada a su compañía. Un miedo invadió su cuerpo, transpiraba y sentía náuseas.

Mientras H. parloteaba, algo se activó en el fondo de su memoria, gracias a los gestos exagerados y el manoteo. Las palabras entraban y salían de su cerebro sin dejar rastro alguno: ¿De qué tanto le hablaba H.? ¿Qué le hacía pensar que a ella le importaba? ¿Por qué no se daba por enterado de que no quería volver a verlo?

H. compró cervezas en una tienda y entró al departamento de ella como si fuera su casa. Ella, por supuesto, no lo había invitado, pero no supo cómo evitarlo. Una vez que se terminaron las cervezas y cuando H. se mostró dispuesto a ir por más, ella por fin lo corrió.

—Otro día nos vemos, estoy cansada.

—¿De verdad? Uy, si estábamos platicando tan a gusto.

—Buenas noches.

—Oye, pero espera —dijo H. mientras empujaba la puerta para volver a meterse—. No me has dado tu número.

—Ya no tengo celular y tampoco tengo teléfono en casa.

—¿Y cómo te contacto? Ya ni Feis tienes; te he buscado y me parece que te diste de baja, ¿verdad?

—Sí.

—¿Entonces?

—¿Entonces qué? —contestó ella fastidiada, impávida.

—¿Cómo te localizo?

—Mejor no me localices, no quiero —dijo aliviada. Lo empujó afuera y cerró la puerta.

H. se quedó indeciso en el pasillo, miró a su alrededor unos segundos y se marchó. Lo observó por la mirilla de la puerta aguantando la respiración y suspiró cuando, por fin, lo vio marcharse.

Una pesadilla la despertó a mitad de la noche. Encendió la luz precipitadamente, sentía que alguien dentro del armario la observaba, había olvidado cerrar las puertas. Por primera vez en muchos años, el hábito de mantener las puertas del armario cerradas durante la noche se le había pasado, y la memoria infantil regresó con toda su fuerza. Respiraba con dificultad y se le nublaba la vista, sintió que el piso se movía y que los objetos a su alrededor adquirían una consistencia aguada, como si se derritieran. Tardó tanto tiempo en tranquilizarse que cuando logró respirar con normalidad ya estaba amaneciendo.

Se metió a bañar con agua muy caliente, se secó el cuerpo y regresó a la cama. El hambre la despertó. Preparó huevos revueltos y los comió con voracidad. Observó el día soleado desde la ventana y pensó que sería una buena idea salir a caminar. Mientras se lavaba los dientes descubrió unas ojeras pronunciadas y recordó algo que le había dicho H. el día anterior:

—Estás muy ojerosa, perdona que insista, pero creo de verdad que necesitas ayuda, te ves muy mal.

Sacudió la cabeza, sorprendida de haber recordado precisamente esa frase de todo el parloteo de H. Quería sacarse de la cabeza cualquier cosa que le hubiera dicho, su imagen, su existencia misma, pero no pudo. Al salir sacó la basura para deshacerse de las latas vacías de cerveza, la única evidencia de que H. había estado recientemente en su casa.

Por la noche, se aseguró de cerrar las puertas del armario. Preparó un té y se metió bajo las cobijas con un libro. De pronto, a media lectura, otra frase de H. taladró sus oídos:

—Yo sé que nunca has confiado en las terapias, pero ¿te puedo recomendar que vayas con un especialista? Tienes el peor aspecto que te he visto en todos estos años.

Sacudió la cabeza para ahuyentar el recuerdo de esa memoria. No entendía por qué recordaba eso y en cambio olvidaba con tanta facilidad lo que leía, veía y escuchaba, y que le había proporcionado algún tipo de placer.

Fue al baño y se miró en el espejo mientras se lavaba las manos. En efecto, las ojeras estaban más pronunciadas. Tenía los ojos hinchados y la piel seca. Había dormido demasiado, pero no de noche sino de día, de modo que había alterado sus hábitos; además, no tomaba suficiente agua. Con estos argumentos se explicó el mal aspecto.

Regresó a su libro, pero no había pasado ni dos páginas cuando se levantó de un salto, se quitó toda la ropa y se puso frente al espejo completo que estaba detrás de la puerta de la habitación. Se le veían los huesos de las costillas y del esternón, una pequeña panza sobresalía sobre su vello púbico, sus piernas estaban demasiado delgadas; pero aun así tenía mucho mejor aspecto que seis meses antes, cuando se le caía tanto el cabello que tenía porciones calvas en la cabeza y se le notaban los huesos de las caderas.

Durante las semanas siguientes se dedicó a hacer ejercicio con disciplina, nadaba dos veces a la semana y se metió a un entrenamiento de box que la dejaba literalmente sobre la lona. Continuó con lecturas y largas caminatas, comía bien y dormía mucho. En un par de ocasiones salió con sus amigas. Todavía no se sentía segura, pero cada vez se percibía más confiada, incluso se compró ropa y un par de zapatos.

Un día, mientras abría el portón del edificio, escuchó esa voz de nuevo, la voz de H.:

–Hola, ¿qué tal?

Contestó el saludo y dejó que la puerta se cerrara.

–¿No me vas a invitar a pasar?

–No.

–¿Y eso? Te estoy esperando desde hace horas, traje un vino, el que te gusta tanto.

–Ya no me gusta.

–¿Quieres que regrese otro día? Por cierto que te vi en el cine con P., pero no los quise molestar.

Ella guardó silencio.

—Me da gusto verte acompañada, siempre andas muy sola. Y ya sabes el daño que te hace andar así.

Sintió ruborizarse, le ardía la cara. Le sudaban las manos y le temblaban las rodillas. Intentó decirle que se marchara y la dejara en paz, pero tenía la boca tan seca que no pudo articular palabra.

—Bueno, está visto que hoy no podremos charlar; otro día, sin duda. Te dejo la botella, la compré pensando en ti y me gustaría que la disfrutaras, aunque no te acompañe. Cuídate, cada que te veo estás peor, en serio —dio media vuelta y se alejó unos pasos; luego giró y dijo—: Yo siempre estaré aquí para ti, en serio; cualquier cosa que necesites, ya sabes dónde encontrarme. Siempre estoy para ti.

Le echó doble cerradura a la puerta de su departamento. De vez en cuando espiaba por la mirilla, temerosa de encontrar a H. acechando, esperando con esa paciencia infinita que lo caracterizaba. Abrió la botella y vació el contenido en el escusado, ya no era su vino favorito.

Esa noche tuvo sueños angustiosos; cada que abría los ojos veía la puerta del armario abierta y a alguien que la observaba entre las prendas. Cada vez se levantaba para asegurarse de que no hubiera nadie ahí metido. Despertó agotada. La puerta estuvo cerrada durante toda la noche, pero en su pesadilla se abría cada vez, incluso escuchaba el rechinido del riel cuando se deslizaba.

Aun con la desvelada fue a nadar. No logró completar la rutina. Al menos se despejó un poco. Salió animada, pero la última frase de H. le seguía taladrando el cerebro: "Siempre estoy para ti, siempre estoy para ti, siempre estoy para ti". Sin darse cuenta, encorvó la espalda, mientras caminaba de regreso a casa.

Estuvo varios días sin salir, sus amigos y familiares la llamaban con insistencia y le enviaban mensajes, pero como no contestaba, terminaron por ir a visitarla. La encontraron en cama, flaca, ojerosa, con la mirada angustiada y mechones de cabellos entre las sábanas.

# La Bella Durmiente

Abrió la ventana para aspirar un poco de aire fresco, pero la tuvo que cerrar de inmediato porque Eunice empezó a toser. Se precipitó hacia su habitación. En casi tres meses de trabajo la señora no se había despertado nunca, no se había quejado; a veces incluso le acercaba un espejito a la nariz para comprobar que seguía respirando. Lo último que necesitaba es que se muriera durante su turno sin que ella se diera cuenta.

Cuando llegó a la habitación, la mujer emitía una tos suave y ronca, como si se hubiera cubierto la cabeza con las cobijas. La tapó bien y le echó otra manta. Eunice dejó de toser y volvió a esa tranquilidad inquietante y antinatural con la que descansaba todas las noches.

Roberta nunca la había visto despierta. Estaba recién salida de la Escuela de Enfermería cuando le ofrecieron el trabajo, gracias a sus buenas calificaciones. No había mucho que hacer más que velar el sueño de la enferma. La respuesta a todas sus preguntas siempre fue negativa. ¿Necesita medicamentos? No. ¿Es alérgica a algo? No.

¿Tiene alguna enfermedad? No. ¿Debo asearla? No. Si necesita ir al baño, ¿la pongo el cómodo o se puede levantar? No lo necesitará. No, no y no.

Al principio Roberta se sintió temerosa, sobre todo por la extrema tranquilidad de esa mujer de abundante cabellera blanca y rostro arrugado. En sus rasgos cansados, todavía quedaban los restos de una belleza marchita.

Se sentó a su lado como tantas otras noches, pero ya no se quedaba velando. A medianoche o a la una de la mañana se acostaba en el cuarto contiguo, siempre con la puerta entreabierta por si escuchaba algo. Un olor rancio inundaba la habitación, a pesar de que siempre había un aromatizador de lavanda, que mezclado con esa peste dulzona de descomposición le revolvía el estómago. Por eso había abierto la ventana del cuarto contiguo, para respirar.

La paga era muy buena y prácticamente no hacía nada, más que esperar a que amaneciera. Eunice no daba lata. A veces le parecía que ni siquiera estaba viva. Se acercó a su lecho y puso el dorso de la mano en su frente. Templado, sin rastros de calentura. A veces Eunice giraba los glóbulos oculares debajo de sus párpados, pero era sólo un instante. Luego volvían a una quietud que a Roberta le parecía cada vez más espeluznante. Lo más raro de todo es que aunque procuraba no perderla de vista, bastaba que saliera de la habitación un momento o que se durmiera un rato para que la enferma cambiara de posición. A veces era casi imperceptible, pero Roberta se daba cuenta y un escalofrío le recorría la espalda.

Ya le había platicado a un par de amigas enfermeras sus inquietudes, pero nadie le hacía caso, incluso se burlaban un poco de ella. Una trabajaba en el hospital infantil y se la pasaba corriendo todo el día de una habitación a otra, atendiendo a niños moribundos que sus padres habrían abandonado. Otra trabajaba con un viejo decrépito que protestaba todo el tiempo y que la regañaba a la menor provocación. Roberta no tenía nada de qué quejarse. Pero eso sí, le decían, ruega que tu Bella Durmiente dure mucho tiempo así, hasta que se muera. Y le contaron historias de gente que estaba moribunda y que se fortalecía de la nada para dar toda la lata que no había dado antes. Roberta se estremecía, pues muy en su interior pensaba que esa mujer ya estaba muerta hacía mucho tiempo.

Había otras dos enfermeras que se turnaban las horas del día. Pero aunque coincidía con ellas en el cambio de turno, ninguna le dirigía la palabra. Lo que era evidente es que la mujer siempre estaba aseada y con la larga melena sedosa y cepillada. Sabía que recibía la visita de un terapeuta que le movía las extremidades y el cuerpo para que no se atrofiara. Sabía que la acercaban a la ventana a tomar el sol y que la alimentaban con comida para bebé y algunas frutas, pues era lo único que había en el refrigerador de la casa. Lo que no sabía y tampoco se atrevía a preguntar era si estaba consciente en algún momento.

El teléfono la despertó. Lo dejó entre sus piernas mientras observaba a Eunice y se quedó dormida. Un mensaje, de sus amigas. Era viernes por la noche y estaban de fiesta. Pobre Roberta, le decían, trata de rolar tu turno, vivir siempre de noche no es de Dios. Pero Roberta no podía, en el contrato que había firmado decía claramente que no existía la más mínina posibilidad de rolar turnos.

La Bella Durmiente había cambiado de posición; ahora estaba del lado, con la mano izquierda bajo la almohada. Algunos cabellos le cubrían el costado del rostro. Roberta se los quitó con cuidado. La volvió a arropar y se marchó a su habitación. Apenas era la una y media de la mañana, y ella sentía que llevaba ahí al menos una semana encerrada.

Se quitó los zapatos y la bata de enfermera perfectamente almidonada. Se recostó y se cubrió con una cobija. A pesar de que la casa estaba en una calle poco transitada, a veces se iluminaba una parte del techo con las luces de los autos que se filtraban por la ventana. Cerró los ojos y escuchó un crujido. Sonrió, pero no se levantó. Era la planta que estaba cerca de la ventana, el único otro ser vivo que parecía habitar esa casa. Era de un tronco grueso y verde, y tenía hojas ovaladas con el centro blanco. Crujía de vez en cuando. Roberta sabía que las plantas a veces hacen ruidos así, cuando crecen o cuando se mueven motivadas por la oscuridad o por la luz. Lo había leído en algún lado y le daba gusto escuchar ese ruido extraño.

Se adormiló con la lámpara de buró encendida, como de costumbre. Sintió cómo su cuerpo empezaba a relajarse cuando una sacudida la despertó. Abrió los ojos y sintió la siguiente sacudida. Temblaba. El piso se movía con fuerza de un lado a otro. A duras penas pudo levantarse, se puso la bata y se calzó los zapatos, y salió corriendo; bajó las escaleras sin pensar y entonces por primera vez la escuchó.

Eunice gritó, había sido un grito espantoso, de una voz ronca y demasiado fuerte para ese cuerpo tan viejo, tan maltrecho. Roberta volvió tras sus pasos sin pensarlo y se precipitó hacia la habitación de la Bella Durmiente; el temblor había disminuido y se sintió avergonzada por haber huido y dejado a su paciente abandonada a su suerte.

Estaba sentada, abrazando las cobijas con los ojos apretados. Los cabellos plateados enmarcaban su rostro aterrorizado. Iba a abrazarla, a decirle que todo estaba bien, a tranquilizarla; pero una terrible sacudida la tiró al piso.


Cuando abrió los ojos no tenía ni idea de dónde se encontraba. Tampoco podía ver, estaba demasiado oscuro. Intentó moverse, pero no pudo. Sintió como si una gran mano la tuviera sometida al suelo. Se echó a llorar en cuanto comprendió lo sucedido. Esa última sacudida había derrumbado la casa. Poco a poco se acostumbró a la oscuridad. Parecía estar debajo de alguna estructura que había impedido que el concreto la aplastara, pero el espacio era tan pequeño que no podía moverse. A su izquierda alcanzó a ver un pequeño orificio, de entre los escombros, por donde observó las patas de la cama de Eunice. Las lágrimas le impedían ver con claridad.

Agotada de tanto llorar se quedó dormida. La despertó ese crujido tan familiar, el de la planta que cada noche parecía crecer o cambiar de posición. Abrió los ojos y miró esperanzada hacia el único orificio disponible. Pensó que sólo se había caído una sección de la casa y confió en que la encontrarían pronto; si la planta estaba viva, lo más probable es que la Bella Durmiente también. Se aclaró la garganta y estaba por pedir auxilio cuando vio que un par de pies blanquísimos con marcadas venas azules se posaban en el piso. Un camisón blanco también, cubrió los frágiles tobillos. Y un encaje que parecía rasposo rozó los empeines pronunciados. Poco a poco los pies comenzaron a moverse, no se levantaban del suelo, simplemente se arrastraban. Y de nuevo el crujido, entonces supo que ese ruido provenía de Eunice y no de la planta. Los pies se arrastraban lentamente y con mucha dificultad, pero se acercaban. Roberta, aterrorizada, trató de moverse, pero no pudo. Estaba atrapada; trató de gritar, pero sólo logró emitir un débil gemido, como el de una moribunda. Los pies se hacían cada vez más grandes hasta que se posaron a su alcance, si hubiera podido sacar la mano de los escombros, habría podido tocarlos. Por el movimiento del camisón supo que Eunice se agachaba y luego vio el extremo de los cabellos blancos. El crujido era cada vez más fuerte y prolongado. Roberta no quería ver a la Bella Durmiente despierta, no quería ver sus ojos abiertos, estaba segura de que ahí encontraría el vacío.

Y por fin pudo: gritó con todas sus fuerzas, se lastimó la garganta, apretó los ojos y siguió gritando.

Días después despertó en el hospital, tenía una pierna enyesada y parte de su cuerpo vendado como momia. Fue la única sobreviviente de la casa, le dijeron. Eunice y la cama quedaron completamente aplastados, bajo el techo de la habitación.

# Azaleas

Hace poco murió mi vecina. Cuando recién llegué a este edificio fue una de las vecinas más amables y solícitas. Al principio me mostré hostil; en esta ciudad uno difícilmente toma los buenos modos como lo que son. Lo mío es pasar desapercibida. Sin embargo, Florencia, discreta, menuda y austera, resultó ser una mujer servicial y amable que andaba de un lado al otro: hacía el mandado; barría el edificio, sin ser su obligación ni recibir paga; platicaba con los vecinos; daba catecismo en la iglesia; cocinaba; hacía colectas de ropa y víveres para los niños de la calle. Cuando me mudé, tanto acomedimiento me parecía obsceno, encontraba falsa su bondad excesiva. Con el tiempo, sucumbí a sus atenciones. Siempre estaba dispuesta a resolverme asuntos cotidianos: cuidaba a mi gatita *Trina* cuando me ausentaba, sacaba la basura y compraba el gas si yo estaba en el trabajo, a veces incluso me hacía el mandado y me entregaba cuentas rigurosas.

Lo extraño es que jamás fuimos amigas, no intercambiábamos más de tres o cuatro palabras, y no por reticencia mía, sino de ella. Al inicio intenté conocer más de su vida, invitarla a comer o un café, pagarle algún dinero por sus servicios, pero no se dejaba. Lo único que aceptaba era un regalo de vez en cuando; pronto descubrí que lo que más le gustaba eran las flores. Me tomó un rato atinarle a sus favoritas, las azaleas, pero de un color difícil de encontrar: un lila encendido, casi morado, aunque luminoso. Lo descubrí, por accidente, un día que le compré un ramo de azaleas de un color particular; los pétalos traslucían con la luz del sol un color, ¿cómo llamarlo?, ardiente, un color que invitaba al pecado. Florencia puso un gesto de éxtasis cuando recibió el ramo y hundió su nariz en los pétalos, incluso sus pronunciadas arrugas desaparecieron por un instante, y la vi con el aspecto que debió tener de joven. A partir de ese momento, comprendí que las azaleas de ese color particular eran lo que debía regalarle si quería agradecerle de algún modo los favores y servicios que me brindaba.

Cada ocho o quince días iba con mi marchante al Mercado de Jamaica, que procuraba tenerme las flores deseadas. Cuando Florencia cayó enferma, un sobrino al que nunca había visto y que ni siquiera sabía que existía, se hizo cargo de ella. Se mostraba receloso con las personas que preguntábamos por la salud de la enferma y no miraba jamás a los ojos. A mí no me gustaba nada y siempre pensé que sus supuestos cuidados tenían más que ver con la posibilidad de quedarse con el departamento que con un cariño auténtico. Adolfo era más o menos de mi edad, pero se vestía como un viejecito del siglo pasado: traje y chaleco de telas corrientísimas que seguro lo hacían morir de calor en la estrecha oficina de banco donde trabajaba. Sus zapatos bicolor eran muy puntiagudos, y cuando regresaba de la chamba se le notaba un caminar incómodo, lastimoso.

Un par de veces le llevé azaleas, pero Adolfo no me dejó entrar para dárselas personalmente, las recibió y me despidió con urgencia.

Mi preocupación por la vecina se disipó con el paso de los días. Dejé de verla por los pasillos; en la calle, arrastrando el carrito del mandado; en el puesto de periódicos, platicando con el vendedor; en las puertas de los vecinos; trapeando las escaleras. Pronto me olvidé de ella; a veces, si me topaba con Adolfo le preguntaba por su salud y su respuesta no variaba ni en palabras ni en emoción: "Bien, estable, tranquila". Pero en realidad, ¿eso qué quería decir? Me olvidé de ella como uno se olvida de la gente que se topa todos los días en la calle. Al final, pensaba yo, éramos un par de desconocidas, que procuraban amabilidad mutua.

Me tomó por sorpresa el día que Adolfo anunció el fallecimiento de su tía. Su agonía debió durar casi año y medio y, a pesar de sus múltiples servicios a vecinos y gente de la iglesia, pocos asistieron a velarla. El departamento estaba prácticamente vacío, las sombras de los muebles se reflejaban en los muros. Adolfo hizo guardia con la cabeza gacha y el cuerpo convulso durante casi toda la noche. No atiné a hacer otra cosa que llevarle azaleas como despedida, el intenso aroma de ese tono lila voluptuoso abarcó todo el espacio, su olor aumentaba y disminuía en oleadas constantes. Adolfo se mantuvo firme al lado del ataúd, pero en un momento se quitó los zapatos y los calcetines, se aflojó la corbata y se amarró el saco a la cintura. La vecina del seis, de carácter taciturno y hosco, se puso a conversar animadamente con el cura, quien no tuvo recato en alzarse la sotana hasta la rodilla y mostrar unos chamorros amarillos, cubiertos de un vello abundante y oscuro. Los vecinos del dos y el cuatro, que se odiaban sin que nadie conociera la razón, se carcajeaban con los ojos desorbitados, y otros más comían con voracidad los sándwiches y tamales dispuestos en la cocina. Nos quedamos hasta el amanecer. Cuando nos despedimos, todos adoptaron sus actitudes cotidianas: silencio, odio contenido, majadería.

Inmediatamente después del sepelio, Adolfo puso un enorme moño negro y satinado en la puerta del departamento; me transportó a mi infancia, a los duelos, a las coronas fúnebres, al olor a incienso y vela quemada, a la peste a muerto. El gesto me sorprendió: hacía años que no veía un moño negro afuera de una casa. En mi infancia eran comunes; cada que alguien moría en la colonia, los familiares realizaban el velorio en sus propias casas, ofrecían comida, café y chupe, rezaban rosarios; no cabía ni por costumbre ni por economía la posibilidad de llevar el cuerpo a una funeraria impersonal, ajena, cara. Los velorios siempre se tornaron en fiestas insospechadas y caóticas, a veces festivas a veces trágicas pero siempre íntimas.

Un día después del sepelio, mientras subía las escaleras, noté un movimiento en la puerta de la difunta y, cuando lo tuve de frente, lo vi: un enorme murciélago de alas extensas, con una mirada abierta y perspicaz. Me detuve en el pasillo, aferrada al barandal, incapaz de dar otro paso. Estuve un rato como hipnotizada, observando el aleteo de ese ejemplar hermoso y terrorífico que parecía extender sus enormes alas hacia mí, pero sin moverse del marco de la puerta. De pronto unos vecinos subieron corriendo las escaleras y de inmediato el murciélago detuvo su movimiento y se convirtió de nuevo en ese enorme y siniestro moño. Corrí hacia mi departamento y me encerré durante algunos minutos. Cuando logré tranquilizarme, salí, me acerqué al barandal y me asomé al departamento de la vecina. El murciélago se lamía pacíficamente las patas, me miró y extendió las alas. Entonces percibí ese profundo y dulzón olor a azaleas.

En unas cuantas semanas me acostumbré a la presencia de ese moño murciélago que se desperezaba en cuanto me veía. Yo lo saludaba en silencio y me encariñé con ese pedazo de trapo que apestaba a azalea, hasta que un día llegué y lo encontré en el depósito de basura, debajo de las escaleras del edificio. Era un moño negro, gastado y medio raído. Lo toqué y retiré mi mano de inmediato al sentir un ligero estremecimiento en la espalda. Lo rocé de nuevo con precaución. La tela estaba tibia y parecía palpitar. Sin pensarlo, tomé el moño con cuidado, como si se tratara de una frágil criatura. Lo llevé a mi departamento y desde entonces vive en los marcos de la puerta, a veces en el de mi cuarto, otras en el baño, en ocasiones en la cocina. No puedo explicar la fascinación que me provoca ese moño que apesta a azalea lila, cuyo perfume nocturno me aterroriza y que durante las noches cobra vida en un murciélago hermoso de alas anchas y mirada hipnótica.

## Pronto vas a desaparecer

Desde que los vio en la esquina, supo sin lugar a dudas que le había llegado la hora. No tenía caso correr. Exageró la cojera que tanto trabajo le costaba disimular, para que se apiadaran de él. Los dos hombres caminaban a paso firme y decidido, eran altos y fornidos. Uno de ellos balanceaba un machete en su mano derecha. El otro no venía armado, pero su mirada era amenazadora. No le quitaban la vista de encima; sí, sin duda iban por él.

Recordó las palabras de la anciana, esas que hasta la borrachera le habían bajado el viernes en la cantina, cuando convivía como siempre con sus colegas. La anciana calva con la cara llena de verrugas le causaba repulsión y siempre se negaba a comprarle sus boletos de lotería. Apenas la semana anterior la había visto con el aspecto de siempre, pero ese día la anciana lucía ojerosa, con una cojera lastimosa que le provocaba un rictus de dolor en el rostro. Por eso decidió comprarle un boleto de lotería. Cuando la anciana se acercó, le dijo que ya no vendía lotería porque la suerte la había abandonado y ya no era correcto venderla más. Le ofreció chicles y cigarros o bien leerle la espuma de la cerveza. Sus amigos lo animaron con risotadas y aplausos, y él accedió. La voz de la anciana se tornó dulce y melódica. ¿Cómo era posible que de ese cuerpo marchito emanara una voz tan agradable?, se preguntó. Pero a medida que la anciana enumeraba algunos hechos ocurridos en el pasado, Bartolo sintió que la borrachera se disipaba.

Le dijo que aunque la maestra de cuarto año jamás lo acusó, siempre supo que él le había robado dinero de su bolsa; no lo puso en evidencia porque le dio lástima ese niño regordete y cojo que no daba una en la escuela y que por más que se esforzaba no lograba hacer amigos. Le recordó el episodio con su madre cuando ella le negó dinero durante la adolescencia para llevar a una chica al cine, al final le dio tanta vergüenza que no se presentó a la cita. La muchacha lo hubiera perdonado si él la hubiera buscado para explicarle la situación, pero Bartolo jamás se atrevió. Lo más perturbador era que la anciana no sólo parecía saber lo ocurrido en la vida de Bartolo, sino que sabía, o parecía saber, lo que los participantes en esos hechos habían pensado de él. La algarabía de la mesa se convirtió en un silencio vergonzoso. A Bartolo se le enrojecía el rostro y se le nublaba la vista. Por fin supo lo ocurrido aquella vez que despertó tirado en la calle, sin zapatos ni dinero, con la boca pastosa y la cabeza pesada y dolorida. Anduvieron de bar en bar; poco a poco los amigos empezaron a irse; algunos intentaron encaminarlo a casa, pero se negó, quién sabe por qué. En el último bar, se sentaron con otro grupo de parroquianos, se encandiló con una mujer que estaba ahí; no dejaba de mirarla y ella le correspondía, a pesar de que iba acompañada. Su amigo Humberto se despidió e intentó llevarlo, pero Bartolo se negó. Pensaba que podía irse con la mujer. La imaginaba en poses cachondas y tenía el miembro duro, a cada rato se sobaba, dizque sin que nadie se diera cuenta, pero todos se burlaban en sus narices. Cuando los echaron del bar porque ya iban a cerrar, se fue con los que quedaban: la mujer y dos hombres a quienes ni siquiera reconocería si viera en la calle, tan poca atención les prestó. El encargado del hotel al que llegaron les entregó una llave casi sin levantar la mirada del periódico, ya estaba bastante acostumbrado. Ya en la habitación siguieron bebiendo. En un momento dado, los hombres fingieron salir y ni siquiera se percató de que se habían encerrado en el baño. La mujer le quitó la ropa, mientras dejaba que sus manos torpes y sudorosas la acariciaran. Luego se le nubló la vista y no supo más. Le quitaron todas sus pertenencias, lo violaron y lo dejaron donde despertó. Intuyó que algo muy malo habría ocurrido, por lo adolorido, por la sangre seca, por el taladro en la cabeza. Pero no dijo nada. El miedo era mucho mayor que la vergüenza. Muchas veces se sentía observado y perseguido. Siguió saliendo los viernes con los amigos para que no sospecharan, pero el temor ya no le permitía disfrutar las tertulias como antes. Se emborrachaba, pero un terror agazapado le decía cuándo debía irse a casa.

La anciana quedó en silencio. Una risa estruendosa

salió de lo profundo de Bartolo, mientras se sostenía la barriga, dijo:

—Ay, vieja, qué chistecito y quieres que te pague por una broma tan mala. Ni lo sueñes.

—No, yo no cobro por esto, mejor cómprame un chicle o un cigarro.

Todos a la vez sacaron unas monedas y tomaron una golosina de la canasta que pendía de los brazos flácidos y arrugados de la mujer. Parecían temerosos de que la anciana decidiera decirles la suerte a cada uno de ellos.

—Por cierto —dijo antes de marcharse con paso renqueante—, pronto vas a dejar de existir, no te queda mucho tiempo, así que si tienes algo importante que hacer, apresúrate.

—Bueno, ya, a la chingada madrecita —dijo uno de los amigos de Bartolo, mientras la empujaba lejos.

—Pinche vieja, nomás anda asustando a la gente para que le compren —dijo Bartolo y luego levantó su vaso.

Los demás brindaron con él. Pronto se olvidaron de la anciana y se dedicaron a hacer las mismas bromas de siempre, a excepción de Bartolo, quien se esforzaba por reír a carcajadas y ocultar su desconcierto. ¿De verdad eso le había ocurrido? Recordaba escenas mínimas, el roce con la mujer que tanto le había gustado, pero de la cual no retenía ni el rostro, ni la forma de su cuerpo, ni siquiera un gesto. No recordaba el hotel y mucho menos a los dos hombres. Cada que hacía un esfuerzo de memoria, le dolía la cabeza y sentía un malestar en el estómago, asco y el presentimiento de que alguien lo vigilaba de cerca.

Se levantó para ir al baño y se marchó sin despedirse ni pagar la cuenta. Cayó en un sueño profundo apenas tocó la cama. Las pesadillas no lo dejaron en paz durante toda la noche. Estuvo largo rato con mareos y náuseas. Su mamá le preparó un té y le llevó el desayuno a la cama, mismo que no pudo tragar. Cada que intentaba dormir, la pesadilla regresaba, siempre la misma, con algunas variaciones. Bartolo corría desesperado, iba tan rápido que sus pies apenas tocaban el piso, pero alguien o algo más rápido iba tras de él. Una mano de dedos larguísimos le apretaba el hombro de vez en cuando. Sentía un suspiro en el oído, a veces en el izquierdo, otras en el derecho. Bartolo siempre corría, en un campo, en una calle desierta, en medio de una carretera, dentro de un centro comercial, y siempre estaba oscuro. Así estuvo todo el sábado, agotado y desesperado.

—Ay, mijo, ora sí se te pasaron las cucharadas.

Y Bartolo no se atrevía a decirle que había bebido muy poco, que una anciana le había dicho cosas horribles y que ahora lo asaltaban el asco y el delirio, que tenía miedo, mucho más miedo que aquella vez que despertó casi desnudo en la calle.


El domingo logró descansar un poco y comer algo. Su madre lo miraba divertida y con un ligero reproche, chasqueaba la lengua cada que salía de la habitación de Bartolo.

El lunes en el trabajo tuvo que disculparse por haberse ido de la cantina sin avisar, esperaba insultos y bromas pesadas; estaba seguro de que tendría que invitar la borrachera del próximo viernes. Pero sus colegas casi ni lo voltearon a ver, apenas lo saludaron. Ahora al miedo y la confusión se sumó la vergüenza de lo que pensarían, ¿habían creído lo que dijo la anciana?, ¿se sentían avergonzados de él?, ¿acaso le retirarían la palabra por haberse dejado embaucar?

El resto de la semana transcurrió con normalidad, salvo porque durante las comidas y la hora del café todos charlaban animadamente, pero nadie parecía percatarse de su presencia. Bartolo hubiera preferido las miradas burlonas y los cuchicheos a esa indiferencia que lo dejaba perplejo y confundido.

El viernes se retrasó un poco a la hora de la salida y entonces descubrió que sus colegas se habían marchado sin él, ni siquiera le habían avisado en dónde se reunirían. Dudó un instante, podía ir a los dos bares que frecuentaban con mayor regularidad, estarían en uno o en otro sin duda alguna. Al final decidió macharse a casa, temió que le hicieran un desaire.

Dos calles antes de llegar a su hogar se topó con esos sujetos, quienes pensó que acabarían con su vida de un machetazo. Cuando los tenía a pocos pasos, sólo deseó que ese machetazo fuera certero y contundente. No quería sufrir y mucho menos volver a despertar sin saber dónde estaba, quién era, sin saber lo que había ocurrido.

Cerró los ojos cuando tuvo a los hombres de frente. Pero ellos pasaron de largo. Cuando abrió los ojos de nuevo, los hombres se alejaban a paso firme, el del machete seguía balanceando el arma, como si se tratara de un juguete inofensivo.

—Buenas noches —le dijo a su madre que estaba frente a la televisión. Antes de entrar había pensado en una mentira rápida, seguro de que le preguntaría por qué había vuelto tan temprano y no se había ido de juerga con sus amigotes, como todos los viernes. Por eso no consigues mujer, le decía su madre. Pero ella no dijo nada, ni siquiera pareció percatarse de su presencia. Entró a la cocina por un vaso de refresco y se sentó junto a ella. Quería cenar algo para aliviar la ansiedad pero, como había ocurrido durante toda la semana, su madre no le ofreció bocado alguno. "Quizá sigue enojada por el fin de semana pasado", pensaba él, sin mucha convicción.

Cuando despertó, la televisión seguía encendida, pero su madre ya no estaba ahí. Esa noche volvió a tener la pesadilla del fin de semana anterior, sólo que esta vez los largos dedos no sólo le presionaban el hombro, a veces alcanzaban su cuello o el brazo.

En la mañana estaba agotado y aterrorizado, el presentimiento de algo atroz se instaló en sus entrañas y tuvo miedo de salir de su cuarto. Sintió, de pronto, un gran cariño por su madre y fue a la cocina, donde la escuchó trajinar.

—Madre.

La mujer no contestó ni interrumpió sus ocupaciones. Alzó la voz y volvió a llamarla, sin obtener respuesta. Le gritó tres veces y la mujer lo ignoró, como si no estuviera ahí. Bartolo salió de la casa indignado, seguro de que su madre lo castigaba con silencio e indiferencia. Si no era para tanto, pensó, en peores me ha visto. Pronto cayó en la cuenta de que no sólo su madre no lo veía, él mismo parecía no existir. La gente pasaba de largo sin mirarlo; en los restaurantes en los que intentó almorzar lo ignoraron; pidió una cajetilla de cigarros en una tienda y jamás la recibió, el tendero ni siquiera se percató de su presencia. Bartolo, desesperado, tomó al hombre por los hombros y lo zangoloteó con todas sus fuerzas. A pesar de que sintió el peso del cuerpo, la textura de la piel bajo la camisa y hasta el aliento, el tipo estaba como si nada detrás del mostrador. Entonces Bartolo emitió un alarido, el terror le resbalaba por el cuerpo en grandes gotas de sudor. No podía respirar.

Sabía que sus únicas dos opciones eran morir o enloquecer. Pero ¿y si en realidad ya estaba muerto? Recordó a la anciana de las verrugas y decidió ir a buscarla. Anduvo de cantina en cantina, ansioso por ver su andar renco, su cráneo anguloso y las verrugas en su rostro. Varias veces preguntó por ella, nadie le contestaba, nadie se percataba de su existencia. Parecía que no ocupaba espacio. Se miró en los espejos y veía su reflejo nítido y preciso, ¿cómo era posible que nadie más lo viera?

Se echó a correr de la desesperación, aventaba gente

a su paso, pero ni se movían; gritaba y sollozaba, pero nadie volteaba a verlo. Entró en una tienda y agarró una caguama que se le deslizó por los dedos hasta el piso, donde se hizo pedazos. El empleado de la tienda recogió los vidrios rotos y trapeó el piso, maldiciendo al empleado anterior, a quien culpaba de no haber cerrado bien el refrigerador atestado de cervezas.

El tono rojizo de las nubes resaltaba sobre el azul intenso del cielo; pronto sería de noche y Bartolo supo que desaparecería en cuanto el sol se ocultara por completo.

## La venganza

Bastaron dos semanas sin saber de ellos para que la gente se confiara. Un especialista afirmó en un portal de Internet que por fin los mutantes de tlacuache habían desaparecido por completo. Es una mentira, pero la gente quiere creerlo. El gobierno ha iniciado una campaña para desarmar a los ciudadanos. Muchos se resisten, a pesar de que los amenazan con la cárcel, donde de todos modos ya no cabe nadie.

Hace meses, todos querían uno; hubo familias que incluso tenían varios. Se descubrió que este mutante, hallado por primera vez en el Mercado de Sonora, detectaba un olor peculiar que las personas despiden en etapas tempranas de todo tipo de cáncer, diabetes y otras enfermedades silenciosas. Además se reproducían con facilidad y se alimentaban de semillas y guisantes.

Nosotros nunca tuvimos uno, nos parecía cruel. Son más pequeños que un tlacuache, pero sin pelo, sus colmillos son enormes y filosos, viven de noche. Rondan por todos lados y emiten ruidos extraños, como chillidos de bebé. La gente los dejaba libres durante el día porque casi siempre estaban dormidos, pero en la noche los encerraban para que no anduvieran merodeando; a algunos hasta les ponía bozal para silenciarlos.

Poco a poco se acostumbraron a los humanos: empezaron a alimentarse de lo mismo que nosotros, perdieron la timidez y se acurrucaban en las piernas como si fueran gatitos. Se comercializaban accesorios, corbatitas, gorras y hasta tinte para cambiarles el color de la piel. Ya no eran grises sino rojos, azules, verdes, rosas. A mí me parecía humillante.

Cuando alguien estaba enfermo las criaturas chillaban y rugían todo el tiempo, ese era el aviso. Se salvaron varias vidas gracias a ellos. La gente iba al doctor y recibía el tratamiento adecuado con rapidez.


Un biólogo sugirió que lo mejor era concentrarlos en el zoológico en zonas especiales para que pudieran estar más o menos en su hábitat, y que los humanos los visitaran con regularidad y convivieran con ellos para que, de ser el caso, les detectaran alguna enfermedad. Un par de horas en contacto con el animalito sería suficiente. Advirtió que no era recomendable que convivieran las veinticuatro horas del día durante meses o incñuso años con nosotros. Nadie le hizo caso, de hecho salió otro especialista a descalificarlo. Hubo una pelea en redes sociales y periódicos. El biólogo nunca explicó las razones por las que los consideraba peligrosos. Dijo que no estaba seguro de cómo, pero que habría una catástrofe. Este comentario lo hundió definitivamente; si no presentaba pruebas no había modo de confiar en él. El otro especialista zanjó la discusión diciendo que esta especie extraña de tlacuache tenía una apariencia horrible, pero que por lo demás era completamente inofensiva.

Casi todos mis amigos y familiares tenían uno en su casa. Eugenio y yo evitábamos visitarlos, sentíamos que las bestias entendían perfectamente lo que hablábamos y nos miraban con odio. Pero la gente decía que era la falta de costumbre, ellos no notaban nada extraño y convivían con los animales como si fueran mascotas cariñosas y dóciles. Poco a poco les dieron más libertad porque bajaron el sonido de sus chillidos, parecían entender que a los humanos no les gustaba y que así ganarían espacios. Tenían razón. Había personas que incluso los paseaban de noche en los parques con correas. De día era imposible sacarlos porque aullaban, la luz del sol los molestaba.

De pronto empezaron a ocurrir accidentes nocturnos: una abuela que tropieza y cae de las escaleras, un niño que inexplicablemente encuentra un cuchillo y juega con él, alguien que se resbala en el baño. En redes sociales la gente contaba sus historias y atribuían los sucesos a accidentes o descuidos, sin darle importancia a que las criaturas estuvieran siempre cerca del lugar del percance. Nadie tomó precauciones. Hasta que en una sola noche, estos animales acabaron con todas las mascotas: gatos, perros, pájaros, lo que fuera; todos al mismo tiempo, como si se pudieran comunicar por telepatía. Les hundieron sus filosos colmillos en el cuello. La gente todavía no se reponía de lo ocurrido; estaba confundida y dolida. Y justo a la siguiente noche, los que no tuvieron la precaución de encerrarlos, se encontraron con que habían matado a los niños pequeños. Además huyeron, incluso los que estaban bajo llave en una jaula, nadie sabía cómo o a dónde.

Hubo una emergencia: brigadas de cazadores los buscaban para acabar con ellos. La venta de armas se disparó. Fue el pretexto ideal para que todos portaran pistolas o rifles a cualquier hora del día, aunque los marsupiales sólo salieran de noche. Las autoridades se hicieron de la vista gorda.

Si antes habían sido pacíficos y torpes, se convirtieron en criaturas astutas y peligrosas. Nadie quería salir después del alba. Las brigadas que los buscaban tenían poco éxito; acaso lograban matar a uno, muy de vez en cuando. Se calculaba que por cada habitante de la ciudad habría diez de ellos. Y aunque buscaron por todas partes, nadie sabía dónde se escondían. Lo único seguro era que estaban en la ciudad, pues dejaban indicios por todas partes. Ponchaban los neumáticos de los carros, descomponían los semáforos, las instalaciones eléctricas, contaminaban el agua. Y por más que ponían cámaras de seguridad y las brigadas de cazadores eran cada vez más numerosas, nadie los encontraba.

Los asesinatos a mano armada se multiplicaron. Como todo el mundo podía portar una arma, las personas incluso pacíficas y que nada tenían que ver con la delincuencia se disparaban por disputas de tránsito, porque los dejaban esperando en la fila del banco, por el mal servicio en los hospitales públicos, porque un maestro habría castigado a sus hijos, razones no faltaban. La ciudad estaba fuera de control y las autoridades generaban más caos en lugar de controlarlo: redactaron una serie de absurdas instrucciones para evitar ser baleado en la calle. ¡Sálvese quien pueda! Nos sentíamos en una jaula de asfalto, amplia y gris, de la que, sin embargo, no podíamos escapar.

Casi dos meses duró el pánico, hasta que un día desaparecieron. Estuvimos expectantes, pero no hubo indicios de ellos durante dos semanas. Ahora el problema era liberar las calles de armas y tratar de volver a la normalidad. Supongo que como todos estaban concentrados en el nuevo orden social, no se percataron del ruido en las tuberías que inició hoy y que ha aumentado de intensidad mientras oscurece. Por si las dudas, hemos clausurado el baño y la cocina. Estamos encerrados en la habitación, ambos con pistolas cargadas. Llamé a mi familia y a algunos amigos para decirles que tengan cuidado, les he dicho que estén atentos a los ruidos, pero nadie me hace caso. Los vecinos tampoco se han percatado de nada, la televisión de uno de ellos se escucha hasta acá; creo que están viendo una película de guerra y no saben que quizás haya otra al acecho, una real y terrorífica, a punto de irrumpir en sus casas.

# La tía Ágatha

En lugar de responderme, echó a correr a toda velocidad hacia el centro del pueblo, no sin antes mirarme de arriba a bajo.

"Eso me pasa por preguntona", pensé. La tía me había dado instrucciones muy precisas por teléfono para encontrar su casa. Sin embargo, intenté entablar una conversación con alguien; después de todo iba a pasar una temporada en ese lugar.

Quizá fue la extraña actitud del adolescente, pero en cuanto reanudé el camino, sentí que me observaban. Las puertas y ventanas de las casas estaban cerradas, pero yo sentía que varios ojos seguían mi camino.

Llegué a la casona con portón de hierro. Toqué el timbre y casi de inmediato se abrió la puerta. Una anciana de aspecto frágil y cabellos blancos alborotados, me dijo:

—La estábamos esperando, pase, pase —antes de cerrar la puerta observó la calle con detenimiento, mientras negaba con la cabeza—. Se demoró un poco más, ¿no me diga que se entretuvo por ahí? Doña Ágatha le dijo que viniera directo a la casa desde la terminal, ¿o las instrucciones eran confusas?

—No, para nada, me detuve sólo un momento.

La anciana me miró con reprobación. Observó mi maleta de rueditas y luego me echo un vistazo atento:

—Está usted muy delgada, justo como me dijo doña Ágatha. Yo soy Eulalia —atravesamos un jardín antes de entrar a la casona. Nadie me había dicho que la tía Ágatha vivía en un lugar esplendoroso. A mí, que venía de una enorme ciudad, y luego de vivir en departamentos minúsculos, esa casa de techos altísimos con vigas de madera y un jardín con un pequeño huerto me pareció un paraíso.

La tía Ágatha, su esposo Filemón y el Chino, como todo el mundo le decía, se levantaron de sus sillones para darme la bienvenida. El tejido, el periódico y un libro quedaron en sus respectivos asientos, mientras me abrazaban y besaban con tanta efusividad, como si me hubieran estado esperando hacía mucho tiempo.

—¡Qué bueno que llegaste! —dijo Filemón.

—¡Bienvenida! —secundó el Chino.

—A descansar del viaje, cenamos a las seis de la tarde —concluyó la tía Ágatha.


Eulalia me condujo a mi amplia habitación, al fondo de la casona. A pesar del calor abrasador de la calle, dentro sentí un escalofrío. Los muebles eran magníficos, de madera y hechura sencilla pero macizos; con sólo verlos uno se sentía seguro. Aparte de la cama, el clóset y el tocador con luna, había un escritorio y un pequeño librero repleto de libros. Tenía mi propio baño con tina, casi tan amplio como la habitación, con una enorme ventana de vidrios niquelados a través del cual entraba abundante luz y se veía un huerto de flores.

Todavía estaba embelesada con el cuarto, cuando entró la tía Ágatha.

—Aquí te traigo toallas y cosas de baño —depositó los objetos sobre la cama y continuó—: Dime, ¿cómo estás? ¿Quieres platicar, descansar? Esta es tu casa, te puedes quedar el tiempo que quieras, eres bienvenida.

Por primera vez se me llenaron los ojos de lágrimas. Me abrazó y estuve largo rato sollozando y moqueando como un bebé. Ágatha me sobaba la espalda. Me susurraba palabras que no entendía y yo me rendí ante su consuelo: lloré y lloré, hasta cansarme. Terminé con los ojos hinchados, pero sentí que se me había quitado un peso de encima.

—Un buen baño de tina con sales es lo que necesitas ahora mismo —Ágatha fue al baño y abrió las llaves del agua. Me desnudé y me puse una bata que encontré sobre la cama. El cuarto se inundó de un penetrante olor a hierbas.

—Huele rico, ¿verdad?

Y mientras la tina se llenaba, Ágatha me platicó de dónde sacaba las hierbas y cómo las combinaba y las dejaba reposar juntas para luego agregar sales y minerales para lograr una mezcla reparadora y relajante.

—Aquí procuramos hacer lo que consumimos, no todo, pero casi. Y nos ayudamos y procuramos los tres. Vas a estar bien, ya verás.

Se marchó de la habitación luego de nivelar la temperatura de la tina para por fin poder meterme y descansar. No sé cuánto tiempo estuve sumergida en esa agua caliente y olorosa. Salí hasta que sentí el agua tibia y los dedos de mis manos se arrugaron. Vacié la tina y me di un regaderazo. Se me cerraban los ojos de sueño. Así que me metí bajo las cobijas y ya no me enteré de nada más hasta el día siguiente, cuando Ágatha me zangoloteó preocupada.

—Ya, niña, llevas más de doce horas durmiendo, eso no es saludable.

A pesar de la fuerza con la que me movía, tuve dificultades para abrir los ojos por completo.

—Ahora tienes los ojos más hinchados que ayer, pero por dormir tanto, ándale, párate a desayunar para que luego me ayudes en la huerta.

Me vestí sin poder dejar de bostezar. Comí con apetito, mientras Ágatha, su marido y el Chino me decían lo que me tenían preparado: trabajar en la huerta, pasear por el campo, ir a la cañada, leer, charlar antes de irnos a la cama y, sobre todo, no dormir tanto.

—Además —agregó el Chino—, aquí el tiempo transcurre más despacio, y ni modo que lo desperdicies durmiendo.

No contesté porque no dejaba de masticar; me sentía hambrienta por primera vez desde hacía un par de meses.

No me opuse cuando Ágatha colmó de nuevo el plato que yo vaciaba con ansiedad.

—Pero, hombre, pareces pelón de hospicio, ¿desde cuándo no comes, niña? —dijo Filemón.

Quise contestar, pero tenía un gran bocado a medio masticar en la boca, así que tía Ágatha contestó por mí:

—Pues desde su mal de amor, hace como dos meses, creo.

Pujé a modo de respuesta.

—Sí, ya sé, ya sé, no vamos a hablar de eso —afirmó Ágatha.


El trabajo en la huerta no sólo fue agotador, sino que me pareció muy complicado. Eso de remover tierra, sacar raíces y limpiar la hierba mala requiere de ciertos conocimientos de los que carezco, y Ágatha y el Chino se la pasaron llamando mi atención. Filemón nos observaba desde una mecedora en la terraza, y decía cada tanto:

—Mira que si echa a perder todo lo que hemos trabajado...

—Claro que no, aprenderá pronto, además le hará bien —contestaba Ágatha.

Pero el Chino me miraba con desaprobación y yo me volvía más torpe por el miedo de arruinar esa hermosa huerta.

Terminé agotada y con el cuerpo dolorido. Pensé en darme otro baño de tina, pero Ágatha, adivinando mis intenciones, dijo:

—Nada de tina hoy, la tina es sólo para una vez a la semana o en ocasiones especiales, no querrás terminar con el cuerpo guango y perezoso.

Asentí, no pensaba llevarle la contraria y mucho menos después de haberme aceptado en su pequeño paraíso para reponerme de ese mal de amor, como ella decía.

Recordaba a la tía Ágatha, siempre alegre y solidaria cuando era niña. Era una tía querida y buscada, que siempre asistía a las reuniones familiares y a quien recurríamos en busca de consejos de cualquier tipo: una receta, un remedio casero para algún malestar, un consejo para eliminar el mal de amor, una limpia, un menjurje para el mal de ojo. Ágatha siempre estaba dispuesta ayudar. Pero todo cambió cuando llegó el Chino a sus vidas. Lo presentaron como un amigo de la infancia, pero nadie lo recordaba en las travesuras infantiles. Tampoco nadie pudo pronunciar su nombre, así que para todos fue más fácil llamarlo el Chino.

En cuanto el Chino se mudó a la casona con la huerta, tanto Ágatha como su marido dejaron de asistir a las fiestas y reuniones familiares y, lo peor, la tía dejó de contestar cuando alguien la llamaba en busca de consejo o consuelo. De vez en cuando daba señales de vida, las suficientes para que la familia no se lanzara al pueblo a buscarla. Un día, llegaron noticias perturbadoras en voz de uno de los primos lejanos de la familia: se decía que la tía Ágatha, Filemón y el Chino vivían juntos y que dormían en la misma habitación. Que sus malabares amorosos dejaban constancia en alaridos nocturnos, que todo el pueblo aseguraba escuchar. Afirmaban que desde que llegó el Chino, el huerto, más bien modesto, lucía exuberante y lleno de vida. La razón tendría que ser el pecado, ¿o qué otra cosa podría ser? Por si fuera poco, tanto la tía Ágatha como Filemón lucían rejuvenecidos. Siempre andaban juntos los tres: en la peluquería, el mercado, la cantina, la farmacia, la misa de los domingos.

Todo hubiera quedado como un chisme más del pueblo de no ser porque el cura, a saber por qué, la tomó con el trío y poco a poco le metió cosas en la cabeza a la gente. Paulatinamente, dejaron de dirigirles la palabra. A veces en la mañana encontraban hierbas quemadas y cenizas en la entrada de la casa, les aventaban calzones sucios o animales muertos a la huerta. Los miraban con desaprobación durante la misa de los domingos y evitaban caminar en la misma acera que ellos. El trío no se inmutó, se encerraron en esa casona y aguantaron las habladurías, los silencios y las tibias pero constantes amenazas de linchamiento. Estaban apestados.

Alguien, jamás supimos quien, corrió el rumor de que el Chino tenía cola de cochino y de que así le podía dar placer tanto a Ágatha como a su marido. Yo me pasé varias noches imaginando cómo esa cola de cochino podría cumplir esa función. A veces hacía preguntas tímidas a ver si podía enterarme de algo concreto o si alguien tenía más detalles al respecto, pero todo fue inútil. Para la familia, la tía Ágatha era un tema tabú, y aunque en mi pequeño núcleo conformado por mi hermano y mis padres hacíamos bromas y minimizábamos lo que el resto de la familia chismeaba, nunca supimos nada.

Luego ocurrió lo mío y después de batallar con todas las posibilidades de que mi familia pudo echar mano, decidieron que no había más remedio que enviarme con la tía Ágatha: "Nadie más puede ayudarla, parece que tiene un conjuro", decía mi mamá. "Qué conjuro ni que nada, que aprenda que las cosas se acaban, ya está muy grande", decía mi papá. Pero yo no podía con la tristeza, Ulises se fue sin despedirse, después de diez años de vivir juntos y a punto de llevar a cabo el plan, largamente acariciado, de irnos a vivir a la playa. Y no, yo no podía con el dolor, no sólo me había quedado sin pareja, sino sin proyecto de vida, sin ganas de hacer nada. Me la pasaba llorando todo el día; la única larga pausa de mis lloriqueos ocurría en la oficina, donde por otra parte mi rendimiento dejó mucho que desear. Así que decidimos que lo mejor era alejarme un poco de mi departamento, de los recuerdos, y qué mejor lugar que ir con la tía Ágatha. "Están igual de locas", decía mi papá y me miraba con decepción y tristeza, como si fuera una condenada a muerte.

Una semana entera estuve atenta al singular trío. Tía Ágatha era una mujer grande y caderona, tenía ya sesenta y pico de años, pero todavía conservaba una figura envidiable y, aunque ya tenía arrugas en la cara, su rostro todavía lucía armonioso; además procuraba estar muy limpia, perfumada y peinada. Aún era una mujer guapa. El Chino tenía un acento completamente mexicano, debía medir un metro ochenta, también como de sesenta años, con el cuerpo nervudo y todavía fuerte, pelo abundante pero ya muy canoso, y andar apresurado, como de jovencito. Filemón era el que lucía más viejo y cansado, ostentaba una ligera panza que trataba de disimular bajo un grueso cinturón, tenía poco pelo, delgado y grisáceo; en cambio, el bigote era abundante y negro; pero a pesar de su frágil aspecto, su andar era enérgico.

Intenté identificar algún pestañeo, un indicio, algo que me mostrara que en efecto ese trío se la pasaba cogiendo en las noches, para corroborar los rumores. Varias veces me cacharon observando el trasero de el Chino, en busca de un bulto que confirmara su famosa cola de cochino, sin encontrarlo.

Un mes transcurrió volando, a pesar de que los días parecían alargarse en ese encierro delicioso, al que yo me dejaba llevar cada vez con más docilidad. El trabajo diario en la huerta y las múltiples tareas pequeñas de la casa absorbieron mi atención y de pronto, sin darme cuenta, el epicentro de mi dolor se diluía con la cotidianidad de ese trío, que por las noches se la pasaba contando historias extraordinarias, leídas o inventadas, que tenían que ver, eso sí, invariablemente, con las pasiones humanas: amores imposibles, sacrificios en aras de un ser querido, asesinatos pasionales, obsesiones. Luego de esas charlas, cada uno se retiraba a su propia habitación; se despedían con suma atención y educación, como si fueran desconocidos en una casa de huéspedes.

Una noche escuché murmullos justo frente a mi habitación, donde se encontraba la de la tía Ágatha. Salí al pasillo, me pegué a su puerta y oí cuchicheos, risitas ahogadas y roces de pies en el piso. Luego de un breve silencio, escuché una carcajada casi en mi oído, como si quien la hubiera emitido estuviera en el pasillo. Fue tal la impresión que regresé corriendo a la cama y me cubrí con las cobijas. Luego de un rato me levanté y abrí la puerta con cautela, tratando de no hacer ruido. Me encaminé por el pasillo. Si alguien me descubría, alegaría un ataque de hambre en medio de la noche. Traté de ir lo más despacio posible, llegué a la cocina sin escuchar nada extraño y, profundamente decepcionada, regresé a mi habitación con una manzana en la mano. Estaba por dormir cuando escuché gemidos provenientes de la huerta. El mejor lugar de observación era la sala, así que regresé sobre mis pasos y, en lugar de dar vuelta para volver a la cocina, giré en dirección contraria y me encaminé a la estancia. Era una noche oscura y profunda, y por más que trataba de aguzar la vista a través de la ventana, no lograba divisar más que algunos arbustos. Los gemidos continuaban e iban en aumento, como si estuviera ocurriendo una orgía allá afuera. Estaba ansiosa por ver algo, pero también tan sorprendida y excitada que no me atrevía a moverme del sillón donde estaba. De pronto se hizo el silencio y me precipité a la habitación con tanta prisa que en mi carrera, tiré algo que se hizo pedazos estrepitosamente en el piso. Espantada, seguí hacia el cuarto, cerré la puerta, me di de bruces contra el buró y, adolorida, me tumbé en la cama y cerré los ojos. Luego nada, oscuridad y silencio.

Cuando abrí los ojos, los tres rodeaban mi cama; me observaban con ojo clínico, como si fuera un equipo de cirujanos que evalúa a su paciente. Cuando logré enfocar, vi que los tres sonreían.

—¿Qué tal tu nochecita? Casi nos provocas un infarto —dijo Filemón.

—¿Se puede saber qué diablos hacías en la huerta a esas horas? —agregó ella.

Quise contestar pero no pude, me dolía la quijada y me punzaba la cabeza.

—¿Será que necesita un doctor? —dijo Ágatha.

—Neeeh, con lo que le di y la pomada se va a poner bien; afortunadamente no se rompió nada —respondió el Chino.

Quise moverme, pero tampoco pude, sentía el cuerpo dolorido y las piernas adormecidas.

—A ver si nos puedes explicar qué hacías pisoteando las plantas de la huerta, lo bueno es que no duraste tanto, antes de caerte de hocico —Ágatha le dio un codazo al Chino, quien de inmediato agregó—: Bueno, bueno, no pasa nada, te vas a poner bien… y la huerta también.

Estuve casi una semana en la cama. Los tres me procuraban y no me dejaban sola más de media hora. Sus atenciones me parecían desmedidas; empecé a sospechar que algo habría ocurrido aquella noche, algo que no alcancé a ver o que simplemente habría olvidado.

La espantosa ruptura y el mal de amores que meses antes no me dejaba mover ni comer, ni hacer nada, desapareció como por arte de magia. Recordaba perfectamente lo ocurrido, recordaba el dolor mortal, la inescrutable soledad, el vacío profundo, oscuro, inconmensurable, pero ya no recordaba el rostro que tantos desvelos me había causado.

El terrible fantasma del amor no correspondido se esfumó. Estoy segura de que Ágatha, su marido y el Chino algo tuvieron que ver, sobre todo durante esa misteriosa noche que aún recuerdo con un estremecimiento corporal incontrolable.

Me negué a regresar a la ciudad durante un par de meses más. Me sentía insegura y lastimada, aunque ya no cargaba el peso de la nostalgia; la huerta y mis tres anfitriones me daban una tranquilidad que no sentiría en la ciudad, bajo ninguna circunstancia.

La imagen de ese trío me tranquiliza, aún llegan rumores inquietantes de su conducta libertina. Los extraño y entiendo que jamás volveré a estar allá, con ellos. De alguna manera sé que sí existe una cola de cochino, estoy segura, creo que lo soñé o quizá fue algo de lo que vi aquella noche, sólo que la cola la tienen los tres: Ágatha, Filemón y el Chino.

## BITÁCORA DE LA INSOMNE

Abro los ojos, seguro está a punto de amanecer. No tardará en escucharse el trino de los pájaros y el cielo cambiará de color. Me estiro y miro el reloj. Apenas hace hora y media que cerré los ojos, son las 10:30 p.m., el alba está todavía muy lejana. Me gustaría levantarme ahora y leer un poco, o quizá beber un café, pero si lo hago no lograré dormir sino hasta que, ahora sí, empiece a amanecer. Opto por seguir las recomendaciones que me han hecho mil veces: respiro profundamente, relajo los pies, los tobillos, luego los muslos, las nalgas; poco a poco me olvido de mi cuerpo. Ahora mismo dormiré de nuevo.

Son 11:30 y estoy despierta otra vez, parece que el patrón por hora se repetirá esta noche. Oigo ruidos en el departamento de abajo. Alguien camina y camina, quizás a través del pasillo que va de la puerta de entrada hacia la habitación. Escucho los pasos, lentos, insistentes, cansados. Me adormezco con facilidad y cierro los ojos; cuando los abro son las 12:00. El patrón por hora, que creí sería la norma durante toda la noche, no lo es. Afuera se oyen las sirenas de una ambulancia, nada raro. Durante todos los días y las noches pasan decenas de ambulancias y patrullas con destino desconocido, al menos para mí, no tengo idea si llegaron a tiempo o salvaron a alguien, no sé si su apresurado deambular por esta ciudad sirve realmente de algo. Ahora no puedo dormir, pero permanezco con los ojos cerrados, apretados casi, para evitar la tentación de abrirlos; si los abro veré la oscuridad en toda su intensidad, distinguiré los muebles y las sombras familiares y lo más seguro es que decida levantarme por algo de beber a la cocina. Entonces percibo luz en el cuarto y al fin abro los ojos. Arriba en el techo, justo donde se encuentra la lámpara, veo una luz diminuta, azulada, parpadeante. La observo y pienso que quizás es una luciérnaga, pero hace ya muchos años que no aparecen en la ciudad y tampoco son azules. Entonces la lucecita celeste empieza a hacer espirales, primero alrededor del orificio de donde sale la lámpara, luego se expande poco a poco a lo largo y ancho del techo; además deja su estela azul brillante tras de sí, como esa tripas de luz que venden en los mercados para adornar las fiestas. De pronto, el cuarto está sumergido en una tenue pero contundente luz azul, que provoca que las cosas a mi alrededor adquieran una tonalidad distinta. Hasta mi piel parece como de otro planeta. Tiento el buró al lado, quiero saber la hora, pero no encuentro mi celular. ¿Cuándo perdí la costumbre de tener un radio despertador con número grandes y rojos que me decía la hora en cada momento?

Corro al baño, tengo urgencia de mear. Casi ni abro los ojos en el camino, no quiero perder la concentración de quien duerme, necesito descansar. Regreso aliviada y me meto bajo las cobijas de nuevo. Ya en la cama, abro definitivamente los ojos, calculo que deben ser las cuatro o cinco de la mañana, aún me queda más de una hora de sueño; pero apenas son las 12:30 y yo siento que ya dormí un montón y que debería pararme. Estiro la mano hacia el otro extremo de la cama. No he escuchado un solo ruido ni he sentido movimiento en todas estas horas, pero no sólo no lo encuentro, sino que mi mano cae en el vacío, del otro lado no hay nadie, pero tampoco hay nada, ni sábana ni colchón ni cama; sólo un espacio vacío y siniestro al que no quiero mirar. Mi mano se siente atraída, quiere seguir palpando a la nada, a ver si de pronto encuentra algo. Pero yo no la dejo. La regreso a mi pecho y me acurruco. Siento una corriente de aire que lengüetea mi espalda, una especie de ola fresca se pasea por mis vértebras encorvadas, luego pasa por la nuca y finalmente desaparece. Mantengo los ojos cerrados.

Ahora escucho los gritos del niño que vive en el departamento dos, un par de pisos abajo, pero se escucha como si corriera en el pasillo de mi domicilio: Aaaaaaah, aaaaaaah, aaaaaaah. Jamás grita cosa distinta. Lo veo, a veces, por la mañana; es un regordete, grande y pesado, que parece no haber aprendido todavía a hablar a pesar de que debe tener unos cinco o seis años. Lo saludo y todo el tiempo contesta con ese aaaaaaah, que me tiene exasperada, reprimo todo el tiempo mis ganas de salir del departamento con un portazo, toparlo en las escaleras y darle un par de bofetadas. Y ahora pienso que es el momento ideal, es la madrugada, carajo, bien su madre podría tener al gordinflón en la cama; además, mañana es día de escuela. Así que me levanto, enfurecida, me pongo una bata y unas chanclas, ni siquiera noto que la hermosa luz azulada ha desaparecido y que a mi lado de la cama ya no existe el vacío. Camino por el pasillo, voy decidida, nada puede detenerme. Abro la puerta y un instante antes de dar el paso, veo que no hay pasillo más allá de mi departamento, ni escaleras ni salida ni calle. He desembocado en la noche, oscura, tibia, letal. No me amedrento, porque además sigo escuchando ese aaaaaaah tan insoportable. Decidida, tomo las llaves, azoto la puerta y ya estoy en el vacío.

Miro el reloj y es la 1:30 de la mañana. Ahora me siento completamente agotada, necesito dormir. Llevo casi cinco horas en la cama, pero parece que me acabo de acostar después de un día extenuante. No he logrado dormir casi nada, siento cómo se forman manchas negras debajo de mis ojos y cómo se inflan unas bolsas guangas en el mismo sitio.

Voy a la cocina y bebo un vaso de agua fría, luego otro y después otro. Percibo el líquido helado transitar por el esófago. Mi panza ha bajado de temperatura. Vuelvo a la cama con la determinación de dormir. No le pondré atención a nada más, pienso, es hora de descansar.

Veo el reloj de nuevo, luego de varias vueltas. A mi lado, él ha reprochado entre sueños mi inestabilidad para el descanso, pero ahora no se mueve, emite un ligero silbido y respira profundamente. Son las 2:20 de la madrugada. Hace calor. Los moscos rondan y escucho el zumbido pegado a mi oreja. Por más que lo intento, no logro matar a ninguno; ya me di un par de manazos en la frente y en el cuello, pero estoy segura de que han escapado, inflamados de tanta sangre. Por fin me estoy adormilando cuando suena la campanilla de la entrada con insistencia. Me levanto espantada y me pongo una bata, no alcanzo a ponerme las chanclas, corro a través del pasillo mientras la campanilla sigue sonando, cada vez con más fuerza. Cuando abro, me quedo de piedra, es la vecina de abajo. Me mira con sorna y se ríe, sólo falta que me señale. No me explico qué hace a esas horas de la madrugada afuera de mi casa. La sacudo por los hombros y le pregunto qué le ocurre, pienso que debe estar en shock, quizá le pasó algo y no atina a decírmelo, y yo no sé qué preguntarle. No me sorprende que esté desnuda con sus senos arrugados colgando y su escaso vello púbico que no logra cubrir por completo un sexo flácido e inerte. Tiene los brazos colgando, y se balancean como si no fueran suyos. Los pies son muy grandes, callosos y secos. Estoy a punto de cerrarle la puerta en las narices cuando, con una agilidad extraordinaria, baja a toda prisa las escaleras, y yo no puedo evitar seguirla hasta su departamento, y es ella la que ahora me azota la puerta en las narices. Miro el reloj. Estoy en la cama. Faltan quince minutos para las tres de la mañana. Pienso que no es posible que el tiempo transcurra con tanta lentitud como si fuera un gusano que se arrastra por la eternidad. Parece que llevo años intentando dormir. Escucho como si alguien aventara piedritas en la ventana de la sala que da a la calle. En un tercer piso es imposible. Está granizando, pero por alguna razón sólo graniza sobre la avenida. En la ventana de la habitación que da a una calle lateral no hay granizo, el cielo está despejado y el reflejo de la luna ilumina las paredes grises y carcomidas del edificio vecino.

Él duerme, ha cambiado la posición y ronca. Me dan ganas de ponerle una almohada en la cara y apretar con fuerza para que deje de emitir ese ruido molesto. En efecto, mientras lo pienso, presiono la almohada sobre su cabeza. Mueve un poco las manos y las piernas con pereza, como si no le importara quedarse sin aire, quizá no lo necesite después de todo. Quito la almohada, arrepentida, y de inmediato reanuda el ronquido. Tiene la cara roja, quizá por la presión que acabo de ejercer, pero se ve tranquilo, sus párpados se mueven en círculos, ¿qué estará soñando?

Veo el reloj de péndulo en la sala, son pasadas las cuatro de la madrugada, los pájaros han empezado a trinar. Me sudan las manos y siento que no puedo aspirar suficiente aire. Un olor a sopa de fideos inunda el ambiente, ¿será posible que la vecina de abajo ya esté cocinando? Abro todas las ventanas para que entre el aire fresco.

Ya no puedo más, si no voy a lograr dormir debo marcharme, no quiero que la luz del día me sorprenda deambulando por el departamento. Entro a la habitación, saco la maleta del clóset y la lleno con la ropa que encuentro en los cajones, no importa si es mía o es de él. Lo importante es llevarse algo, lo que sea, algo que dé la idea de un viaje, aunque no llegue muy lejos. Son pasadas las cinco y, a pesar del ruido que hago, de que se empieza a filtrar el ruido de carros por las ventanas abiertas y de que he encendido todas las luces a mi paso, él sigue dormido; ya no ronca, de hecho no se mueve, ni siquiera parece respirar. Me pongo una gabardina y unas botas sobre la pijama. Meto mi cabello en una boina. Vacío su cartera y meto todo el dinero en mi monedero. Salgo a la calle, el cielo empieza a clarear; miro el reloj de la esquina, apenas van a dar las seis de la mañana.

## La maestra Araceli

El timbre sonaba con insistencia, eran pasadas las tres de la madrugada. No se rindió hasta que me tuvo enfrente.

—Por favor, ayúdame. Rebeca no responde, algo le ocurrió, por favor.

La metí a la casa y le preparé un té en la cocina. Araceli lloraba desconsolada, suspiraba y sorbía mocos como si tuviera cinco años.

—Ya, tranquila, todo estará bien.

—No, nada está bien, nada está bien.

Bebió el té casi hirviendo, la acosté en un sofá, le puse una cobija encima y regresé a la cama.

—¿Hasta cuándo te vas a hacer cargo de ese par de brujas? —reprochó mi marido, mientras me daba la espalda y se tapaba hasta la cabeza.


El aspecto de la maestra Araceli era cada vez más lamentable. En cuanto abrí la puerta vi su bata de baño blanca percudida y debajo un camisón raído con el encaje destrozado. Las tetas casi de fuera y el vello púbico visible.

Jorge tenía razón, ya no era posible hacerse cargo de esas dos mujeres. Yo sentía obligación porque, durante mi niñez, Araceli me había alimentado y albergado en su casa, cuando mis padres salían a trabajar fuera de la ciudad. Rebeca había sido mi mejor amiga de la infancia.

–Parece que estás pagando una manda, no son tu responsabilidad –decía Jorge. Pero yo no lograba negarme a sus súplicas y llamadas de auxilio.

Por la mañana, encaminé a Araceli de regreso a su casa. Le expliqué que no podía regresar a mi domicilio, la amenacé con llamar una patrulla si insistía. Asintió sin convicción, quizá porque yo misma se lo dije así.

La maestra Araceli era respetada en el barrio desde que yo era muy niña. Crio a tres hijas alternando sus labores domésticas con la enseñanza en una primaria cercana. Rebeca, la menor, se convirtió en mi mejor amiga, hasta que cumplimos catorce y se fue a vivir con su padre. No regresó jamás a visitar a su madre. No volvió a llamarme ni contestó mis llamadas. Atrás quedaron nuestras largas conversaciones telefónicas nocturnas, aunque hubiéramos pasado todo el día juntas; no tengo idea de qué tanto charlábamos. Lo que sí recuerdo muy bien es que poco antes de cortar la comunicación, escuchaba la voz de la maestra Araceli: ¿Con quién hablas por teléfono tanto tiempo?

Por eso estás gorda, en lugar de hacer algo productivo: ejercicio, leer, no sé. Te la pasas pegada al aparato.

Rebeca siempre fue regordeta, su cuerpo no se parecía en nada a los delgados y firmes de su madre y hermanas. Y la maestra Araceli no tenía reparos en reprochárselo frente a la gente. Según ella, la gordura de su hija se debía a que no la obedecía, a que hablaba por teléfono largas horas, a que comía demasiado, a que prefería lo dulce a lo salado, a su parecido con su padre. Mira tu amiguita, qué bonita es, tan delgadita y bien portada, en cambio tú vas que vuelas para convertirte en una marrana, le decía mientras meneaba el cuerpo de un lado a otro. En cuanto la maestra Araceli desaparecía, Rebeca y yo soltábamos la carcajada y luego la imitábamos; éramos muy buenas en eso, las dos. Mucho tiempo después entendí que en realidad su risa sólo ocultaba el llanto.


La maestra Araceli pronto se quedó sola en esa casa con jardín y alberca, a la cual no nos dejaba meternos porque Rebeca se veía terrible en traje de baño, decía. En un barrio popular, esa casa era una atracción natural. El papá de Rebeca la construyó así para pasar tiempo en familia y con amigos, dicen que decía; pero a los pocos años la convivencia con su mujer se hizo insoportable y terminó por marcharse. Rebeca y yo nos metíamos a la alberca en cuanto la madre salía de casa. Sus hermanas nos miraban con asco. Rara vez la alberca recibía mantenimiento o limpieza y el agua verdosa estancada apestaba. Pero para Rebeca y para mí era un refugio, una diversión única. Chapotear, reír y luego salir corriendo en cuanto una de sus hermanas nos decía que se aproximaba la hora de llegada de su madre. Varias veces nos sorprendió con el cabello escurriendo. Andan muy mojaditas, y a ti, ¿no te da pena parecer una ballena?, le decía con un tono cruel y burlón a Rebeca.

Las hermanas de Rebeca se marcharon pronto. Una se casó y la otra se fue a estudiar al extranjero. La casa, siempre descuidada, sufrió un deterioro acelerado. Ya ni siquiera nos metíamos a la alberca, vacía y con grietas. Tampoco entrábamos tan seguido a la casa, llena de objetos y cosas amontonadas. Varias veces le ayudé a mi amiga a despejar el camino de su cuarto al baño y de ahí a la cocina, y de la cocina a la puerta de entrada. Un día se hartó y optó por usar las ventanas para trasladarse de un lado a otro; con la incomodidad y todo, resultaba más práctico que tratar de caminar al interior de la casa. La obsesión de la maestra Araceli por acumular cosas se dio de manera lenta pero constante, tan natural en apariencia que nadie se percató hasta que ya era demasiado tarde. Meses después de la partida de Rebeca los vecinos se reunieron para hablar del mal olor que emanaba de la casa con alberca, tomar decisiones y hablar con la maestra.

A los dos años de la partida de Rebeca, la maestra Araceli se jubiló. En el barrio corrió el rumor de que la habían jubilado de manera prematura debido a que su aseo personal era un desastre y adquirió la costumbre de llevarse a su casa expedientes de los alumnos y perderlos. Poco después, empezó a buscarme con insistencia, y sin darme cuenta me convertí en su cuidadora. El resto de los vecinos le retiró el habla, pues nunca hizo caso de los reclamos por la acumulación de basura y la peste que emanaba de su casa.

Me casé al poco tiempo. Jorge y yo nos quedamos a vivir en casa de mis papás. No perdí contacto con la maestra, quien me buscaba de cuando en cuando para pedirme que la ayudara a encontrar un traste de cocina, una pantufla, algo de comer. Yo jamás encontraba nada, me limitaba a recoger una cosa por aquí y por allá, y sobre todo a vaciar el refrigerador lleno de comida echada a perder. Araceli me agradecía el gesto con un peluche, un traste nuevo todavía en su caja, un par de zapatos o una prenda que tomaba de cualquier lado. Su casa estaba repleta de objetos apilados por todos los rincones, en los pasillos, en las habitaciones, en el baño. Supongo que me buscaba para tener un poco de compañía. Para no estar tan sola.

Un día regresó Rebeca en una camioneta enorme, lujosa. La vi a través de la ventana de mi cocina: usaba lentes oscuros y abrió la puerta con sus propias llaves. Minutos después escuchamos gritos, cosas rompiéndose. Mis hijos se espantaron aquella vez, luego se acostumbraron.

La camioneta estuvo ahí más de una semana, luego desapareció un par de días y ahora mismo está en la entrada de la casa, empolvada, con las llantas ponchadas y sin espejos laterales ni faros.

Pronto, muy pronto, nos acostumbramos a los gritos, al ruido de cosas que se rompen, a los insultos mutuos, al llanto desenfrenado. Al principio, tanto nosotros como los vecinos llamábamos a la patrulla y a la ambulancia, seguros de que Araceli y Rebeca se estaban matando. Se convirtió en todo un espectáculo ver a las mujeres un día sí y el otro también insultándose en la acera, casi siempre en paños menores, despeinadas y ojerosas.

A pesar de que Rebeca regresó a su hogar de infancia, la primera vez que nos encontramos en la calle no me saludó, sus ojos se posaron en mí, pero no me miraron, no me reconocieron. Era como si estando aquí, no estuviera. Su mirada me traspasó y siguió su camino, absorta en quién sabe qué pensamientos. Me sorprendió el gran parecido que tenía con su madre, no sólo en los rasgos físicos y en la mirada extraviada, incluso se veían de la misma edad.

El tiempo parecía haberse contraído para acercarlas al mismo infierno.

Una noche Araceli me despertó en la madrugada para decirme que el bebé de Rebeca no respiraba, que se estaba muriendo y no sabía qué hacer. Aunque sabía que no existía ningún bebé, esa vez corrí a su casa, espantada y con el corazón galopante, temerosa de la escena que, según yo, me esperaba. Luego de sortear obstáculos, encontré a Rebeca dormida con la boca abierta y un ronquido agudo y penetrante. La zangoloteé y en cuanto abrió los ojos, me dijo:

—Flaca querida, qué bueno verte —me conmovió que usara mi apodo de infancia, luego se quedó dormida de nuevo.

—No pasa nada —le dije a Araceli, que se frotaba las manos con angustia al pie de la cama.

—Sí, claro que sí pasa, pasa algo terrible, ¿no ves? —respondió la maestra con un gemido y se cubrió el rostro en un sollozo desesperado.

Sus palabras me inquietaron, pero traté de tranquilizarla y regresé a mi casa a explicarle a mi familia que había sido una falsa alarma y que no pasaba nada. Escenas como esta se repetían cada madrugada, con la misma intensidad y la misma premura, con la misma urgencia, con la misma angustia. Con el paso de los días, de las semanas, me acostumbré; era tanta la terca disciplina de Araceli que yo sola me despertaba minutos antes de escuchar el golpeteo de su puño en la puerta, el largo timbrar y sus gritos desesperados que se repetían casi a la misma hora, sin tregua, todas las noches de la semana.

Tenía meses que ni siquiera me tomaba la molestia de acompañarla a ver cómo dormía Rebeca, a ver si todo estaba bien, a cerciorarme de que el caos crecía y crecía irremediablemente. Tampoco intentaba llevarla de regreso, así que opté por acostar a la maestra en el sofá de la sala de mi casa y encaminarla a la suya lo más temprano posible. Si al principio procuré que mis hijos no la vieran, al poco tiempo me daba igual llevarla antes o después de que se fueran a la escuela. Se acostumbraron a la maestra Araceli y a su excéntrico comportamiento de tal manera que terminaron por despedirse de ella con un beso cuando se marchaban y ella aún continuaba en el sofá, compungida y con la cara echa un nudo a punto de soltarse a llorar.

Por eso, la vez que llegó más tarde de lo habitual, a las tres de la madrugada, hice lo acostumbrado, le dije que todo estaba bien y la recosté en el sofá de siempre. Jorge estuvo particularmente molesto. Aunque no lo dijo explícitamente, sentí un ultimátum en sus palabras. También yo estaba cansada, ni siquiera eran mis amigas, el cariño de la infancia se había diluido con los años.

Al otro día, le dije a Araceli que debía volver a su casa, que seguramente Rebeca la estaría esperando. Se hizo tonta toda la mañana. Hasta me ayudó a lavar trastes y meter ropa a la lavadora. Fue especialmente cariñosa con mis hijos cuando se fueron a la escuela y le echó un piropo a Jorge, que me miró sorprendido y luego me hizo una señal con el dedo índice a través de su cuello para que me deshiciera de ella pronto.

Durante una semana entera no me buscó de madrugada, algo inaudito en ella. Y de pronto, un martes cuando mis hijos volvieron de la escuela, llegaron dos patrullas y una ambulancia. Acordonaron la casa con alberca, los vecinos nos apretujamos para ver. Ahí me enteré que el vecino de al lado había llamado a emergencias para quejarse de un olor dulzón y penetrante que picaba la nariz.

Primero sacaron a Araceli. No me había dado cuenta, hasta ese momento, de lo deteriorada que estaba. Tenía las canas ralas y alborotadas, en la nuca se le notaba el cráneo pelón, su rostro arrugado ostentaba profundidades atávicas, arrastraba los pies y tenía un movimiento involuntario pero constante en el brazo derecho. Luego sacaron a Rebeca en una camilla, cubierta con una sábana percudida. Poco antes de subirla a la ambulancia, la sábana cayó al suelo. La respiración de los ahí presentes se detuvo.

El cuerpo tieso de Rebeca tenía un color grisáceo, las manos estaban apretadas en tiesos puños cerrados y tenía los ojos abiertos y la boca distorsionada en una mueca de odio. Un odio irracional y perpetuo, eso me pareció. De inmediato cubrieron el cadáver. Y yo, yo no sentí culpa alguna por no haber atendido la emergencia de Araceli. Sentí alivio, un alivio largo y profundo.

## Todos los martes

Me quedé pegada a la puerta sin mirilla escuchando ruidos extraños; no me atreví siquiera a entreabrirla. El
edificio era tan estrecho y los pasillos tan breves que me
daba vergüenza asomar la cabeza. Además, luego de algunos días como residente, no conocía a ninguno de mis
vecinos, sabía sus nombres porque desde el primer día el
administrador me incluyó en un grupo de chat y todos
me dieron la bienvenida, pero lo cierto es que no había
visto en persona a nadie.

Los ruidos en los pasillos cobraban intensidad durante la noche: carcajadas, jadeos, ladridos de perros, mau-
llidos de gatos y un ruido de algo muy pesado que se
arrastraba por el piso. Eso sí, ni una sola palabra para dilucidar lo que ocurría allá afuera. Únicamente escuchaba
esas carcajadas profundas y prolongadas, como si quien
las emitiera no necesitara aire para respirar.

Estaba molesta, pero también intrigada, curiosa. Los
ruidos iniciaban aproximadamente a las once de la noche,
y se mantenían durante horas. Me sentía tentada a salir

para averiguar la razón del ajetreo. Una de tantas veces que me quedaba pegada largo rato a la puerta, con la expectativa de escuchar algo que no fueran los habituales ruidos difusos y carcajadas, me aparté de un salto. Sentí cómo una mano de dedos largos y delgados, cálida y fría al mismo tiempo, me empujaba al interior del departamento. El impacto fue tan nítido que me quedé petrificada casi un metro detrás de la puerta, sin atreverme a acercarme de nuevo. Luego escuché una carcajada particularmente siniestra y larga, que provocó un áspero eco.

Después, nada; los ruidos y las carcajadas se esfumaron como si jamás hubieran estado ahí. Un silencio hondo se tragó el edificio.

Me fui a la cama e intenté dormir. Sabía que sin falta, a las cuatro de la mañana en punto, empezaría de nuevo el escándalo: portazos, taconazos, gritos y pasos apresurados. Casi a las 5:30 a.m. el silencio reinaba de nuevo, pero era demasiado tarde: mi despertador sonaba a las 5:50 y ya no lograría conciliar el sueño, preocupada por quedarme dormida.

Recordé lo que me dijo el tipo de la inmobiliaria en cuanto firmamos el contrato:

—No se le olvide que los martes se desata la locura.

Lo miré divertida, segura de que en cualquier momento soltaría la carcajada, pero no lo hizo. De inmediato me habló del pago de mantenimiento, el suministro del gas, el uso de las áreas comunes, del dizque *roof garden* de la azotea, que era de uso comunitario, pero que presentaban un aspecto triste y desolado.

Estaba contenta porque el departamento, que tanto trabajo me había costado conseguir, estaba cerca de mi trabajo y la renta era módica. Era muy pequeño, apenas una recámara y una gran habitación donde estaba la estufa y había espacio para un sillón y una mesa. No me molestaba la estrechez, porque casi nunca estaba en casa; además, tenía tanto tiempo sola que carecía de esos conflictos comunes que tienen algunos cuando no les queda más remedio que enfrentarse a ellos mismos en espacios reducidos.

Nunca entendí por qué tuve que anotarme en una lista de espera y completar requisitos absurdos, no sólo los habituales, sino algunos como el tipo de ocupación, los pasatiempos, los amigos y hasta un test psicológico para comprobar que mi carácter no chocara con quienes habitaban ese lugar desde hacía una eternidad. Me sometí a todas las pruebas, sin muchas expectativas. Cuando me informaron que el departamento era mío, no lo podía creer; había dejado en blanco la mayoría de las cuestiones planteadas en el misterioso cuestionario.

Aunque los primeros días en mi nuevo hogar, es decir jueves y viernes, los ruidos me despertaron de madrugada, mi primer fin de semana fue la mar de tranquilo. Hice limpieza, acomodé mis escasos muebles, libros, un par de cuadros. Doblé cuidadosamente mi ropa para que cupiera en el diminuto armario. Terminé tan agotada que no escuché a los vecinos hasta el lunes en la madrugada: portazos, pasos apresurados, muebles que se arrastran, carcajadas, murmullos.

La madrugada del martes se repitieron los ruidos con tanta intensidad que recordé la extraña aseveración del tipo de la inmobiliaria. Salí hacia el trabajo con el cuerpo guango y los ojos hinchados. Y no sé si fue el cansancio o, en efecto, los martes ocurría algo extraño en el barrio, pero me topé de manera inusual con varios vagabundos; algunos yacían en los rincones cubiertos por cobijas malolientes, con bultos que rodeaban su descanso. Otros, caminaban sin rumbo en medio de las avenidas, de pura suerte no los atropellaban. Aunque ya había recorrido el mismo camino hacia la oficina en días anteriores, ese martes me pareció terrorífico. Era como si se hubiera desatado una fiebre zombi, de gente malnutrida y chamagosa, sin brújula.

Durante el día, gracias a las tareas cotidianas olvidé el incidente, pero cuando regresé, la escena se repitió y, quizá debido al crepúsculo, me pareció que cobraba tintes apocalípticos. Los indigentes deambulaban intoxicados por alguna sustancia o por la soledad, algunos echaban pleito, otros discutían, algunos miraban al vacío. Me invadió una profunda melancolía.

Ya entrada la noche creí entender la enigmática aseveración del tipo de la inmobiliaria. Los ruidos se hicieron más intensos, pero el miedo opacó mi curiosidad. Ni siquiera me aproximé a la puerta de entrada, me encerré en mi habitación y más de una vez me sobresaltó el ruido de una cerradura que se abría; sudaba frío, rogando por que no fuera la mía.

Al final, cuando se hizo el silencio de nuevo, ya había decidido que no podía vivir ahí. Sin embargo, no me marché, no tenía a dónde ir, además acababa de llegar, era absurdo.

Poco a poco me habitué a los ruidos, pero no a la locura de los martes, que resultaba tan perturbadora que permanecía toda la noche sin lograr conciliar el sueño, temerosa de que en cualquier momento la puerta se abriera y lo que fuera que ahí habitaba invadiera mi departamento. Los miércoles me presentaba al trabajo con un aspecto tan terrible que si al principio me hacían bromas sospechando que me iba de fiesta, pronto empezaron a preocuparse. Lucía enfermiza, con profundas ojeras, cada vez más flaca. Con el tiempo, no sólo los martes amanecía cansada y débil; mi aspecto cotidiano era el de alguien enfermo con una sensibilidad mórbida. Tanto la luz natural como la artificial me molestaba, a tal grado que tuve la necesidad apremiante de usar lentes oscuros todo el tiempo. Tenía la piel tan delgada que cualquier contacto, incluso el de la tela de las prendas que usaba, me irritaba, andaba

con la piel enrojecida, como si padeciera una enfermedad contagiosa.

Cuando ya mi deterioro parecía irreversible y en el trabajo se resignaron a mi nuevo aspecto, la locura de los
martes dejó de inquietarme y sentí un impulso irrefre-
nable por abrir la puerta, no por curiosidad, sino por
unas inexplicables ansias de que ese barullo nocturno
me perteneciera. Dejé la puerta abierta, mientras freía
un jugoso filete en el sartén y bebía vino. El escándalo
cesó repentinamente. Devoré mi cena con tranquilidad
y en completo silencio. Me sentí acompañada, como si
cientos de ojos me observaran desde las profundidades
del edificio.

Sigo sin conocer a mis vecinos, pero ahora ya formo
parte de ellos. Todos los martes, en cuanto regreso del
trabajo, me uno al barullo, sin salir de mi departamento.
No podría precisar cómo es que armamos tal escándalo,
supongo que viene del interior de cada uno de nosotros:
son nuestros corazones que palpitan con furia, es la soledad de cada uno que se divierte, son los deseos más
oscuros que salen de paseo.

# Los suicidas

Tecleó los números de la clave y esperó, saldo: cero. No tenía los quinientos pesos que creía. Caminó de regreso a casa y, en el trayecto, una ansiedad creció en su estómago hasta abarcar todo su cuerpo. La podía sentir en sus movimientos, en cada respiración, salir por los poros de su piel y enredarse en su cabello. Por primera vez en mucho tiempo, volvió a sentir esa atracción irresistible de aventarse desde la oficina de su padre, en el piso diecinueve. Tiempo atrás lo consideró, justo cuando estaba de moda, pero su hermana se le adelantó. Hubiera sido un suicidio espectacular, y ahora mismo hasta quedaría bien en las noticias, justo cuando la fiebre de suicidios parecía haber vuelto. Aunque, pensó, quizá lo más conveniente sería revivir el negocio con el que habían hecho tanto dinero.

Llegó agotada. Al abrir la puerta se topó con un tufo a pies, comida y orines. No habían hecho la limpieza en mucho tiempo. Mateo veía la televisión en calzones, bebía caguama y comía pizza fría. Se saludaron con un levantamiento de cabeza y Sonia fue directo a la habitación, el único lugar que no estaba tan sucio. Se recostó en la cama destendida y hundió la cabeza en la almohada, pero de inmediato la apartó. Las sábanas olían mal. Se levantó y las quitó con furia. Fue al cuarto de lavado y en su camino recogió cuanta prenda encontró; metió todo a la lavadora. Buscó el otro juego de sábanas, pero también estaban sucias, dentro del cesto de mimbre al lado de la cama. Necesitaba dormir entre sábanas limpias y perfumadas, era lo único que necesitaba.

Mateo se levantó del sillón y fue a la cocina, Sonia lo observó desde el cuarto de lavado, lo vio sacar otra caguama del refrigerador y hurgar dentro:

—Habrá que hacer una despensa —dijo Mateo.

Ella no le dijo que en el banco ya no quedaba nada y que tenían lo justo para sobrevivir una semana y una tarjeta de crédito a punto de colapsar. Lo escuchó llamando al restaurante de chinos, pidió arroz y costillas de cerdo.


Años atrás fue Sonia quien tuvo la idea de montar la empresa "turística" ante la serie de suicidios que asolaron la ciudad durante varios meses; niños y jóvenes, en su mayoría. Se reportaban entre cinco y diez por día. Al principio se trataba de gente anónima, pero no tardaron en suicidarse personas famosas: actores, cantantes, periodistas, académicos… ahora sí, de todas las edades. No dejaban notas póstumas y, a decir de la gente cercana, tampoco habían mostrado signos de depresión, ansiedad o preocupación. Parecía que un impulso irresistible los había empujado al abismo. Psicólogos, sociólogos, intelectuales y profesores trataban de explicar el fenómeno.

El gobierno hizo campañas de prevención que se difundieron en todos los medios posibles. El mensaje era sobre todo para que los padres estuvieran atentos y observaran de cerca a sus hijos. También había mensajes para los niños, jóvenes, adultos y ancianos. A pesar de la buena voluntad, los anuncios resultaban patéticos. La fórmula trillada era mostrar a personajes atribulados por *bullying*, problemas familiares, económicos o sentimentales: luego de tanto sufrir pedían ayuda y después ya eran personas felices. No retrataban la realidad de lo que estaba ocurriendo. Los suicidas generalmente eran personas sin grandes problemas; la mayoría tenía una situación económica desahogada y, al menos en apariencia, hogares funcionales. Por más que trataban de explicarse los hechos, nadie atinaba a dar una respuesta satisfactoria.

Por otro lado, surgieron varios blogs y portales de Internet donde usuarios anónimos explicaban con lujo de detalle formas de suicidarse, las maneras más eficaces, las más dolorosas, las más escandalosas. Incluso subían imágenes y videos haciendo demostraciones en tiempo real; a pesar de que la policía cibernética estaba atenta, casi nunca lograban salvarles la vida. Sonia se la pasaba viendo ese tipo de videos antes de que desaparecieran de la red; se entretenía leyendo los comentarios de usuarios, quienes hacían preguntas, daban recomendaciones, platicaban sus experiencias, insultaban, se quejaban. Hasta fantaseaba con su propio suicidio, en lo que dirían de ella, en el dolor que causaría.

A Mateo no le gustaba esa obsesión.

—Ya deja eso, Sonia, ¿qué tanto le ves? No te das cuenta de que es una emergencia nacional.

Pero Sonia no escuchaba, ni ella misma entendía por qué le fascinaba tanto.

Un día, en una reunión con amigos, se puso a platicar animadamente de los suicidios, de los blogs que visitaba, de lo que se enteraba, de los famosos, de lo inexplicable del asunto. Al principio la escuchaban con atención, pero poco a poco se alejaron, uno de los pocos que se quedó dijo:

—Ay, Sonia, parece que disfrutas lo que está ocurriendo. ¿Tú no estás considerando suicidarte?

Sonia no supo qué responder. Lo estaba considerando, sí, pero sin mucha convicción; lo hubiera hecho de asegurarse que se enteraría de todo lo que ocurriera después.

—Porque veo que ya te sabes prácticamente todas las técnicas.

Esa noche Sonia y Mateo tuvieron una fuerte discusión.

—¿Qué no te diste cuenta de cómo te veían todos?

—Pero ¿qué tiene de malo? La gente evita hablar de las cosas feas, pero eso ocurre todos los días, no podemos hacer como que no pasa nada.

—Pues no, pero tú no hablabas con preocupación, se notaba que te estabas divirtiendo.

—No es para tanto, además era el tema de la noche, ¿no?

El domingo cada quien navegaba en su propia computadora cuando Sonia llamó a Mateo a gritos. En la pantalla observaron en vivo cómo Malena, la hermana menor de Sonia, se quitaba la vida con el método más "cobarde", según usuarios de redes sociales: un medicamento para la migraña que no causaba dolor y garantizaba una efectividad del cien por ciento. La ingesta del frasco completo provocaba un sueño profundo y luego la muerte.

Observaron el suicidio en completo silencio. Sonia lo grabó; luego diría que no recordaba por qué lo hizo. Varios días estuvo llorando, hasta que se le ocurrió, quién sabe de dónde o por qué, hacerle un macabro homenaje a su hermana. Aprovechó que Malena había sido una reconocida diseñadora con un modesto círculo de seguidores y fans para convocarlos a la habitación donde se mató y recordarla, contar anécdotas y luego realizar una visita guiada por sus lugares favoritos. La convocatoria sobrepasó las expectativas. Hubo tanta gente que Mateo comentó: Cómo no se nos ocurrió cobrar.

Al fin de semana siguiente, Sonia y Mateo idearon una ruta para hacer visitas guiadas en los sitios donde gente famosa se hubiera suicidado. No importaba si había sido en interiores donde no tendrían acceso, desde afuera harían una descripción detallada del lugar preciso del suicidio, de las costumbres, mañas y rutas del occiso. A las pocas semanas y ante el éxito de su empresa, rentaron un espacio donde recreaban habitaciones, oficinas, baños, donde hubieran ocurrido los hechos. Desde el inicio decidieron cobrar una cuota elevada; Mateo afirmaba que no era un evento para cualquiera y que si de verdad estaban interesados pagarían lo que fuera.

No faltaron portales de noticias y opinólogos que los acusaron de lucrar con el dolor ajeno, pero el morbo de la gente era más fuerte. La mayoría de las historias tenían mucho de ficción con pocas dosis de realidad que lograban mantener al público atento e interesado. La buena racha duró cuatro o cinco meses, hasta que, de pronto, sin razón aparente, los suicidios cesaron. La alerta y atención se mantuvieron durante algunas semanas, pero luego se diluyó como si jamás hubiera existido. El negocio también se fue a pique.

Echaron mano de los pocos ahorros que tenían, confiados en seguir vendiendo las historias a los programas de televisión y revistas de chismes, pero les cerraron la puerta. El suicidio se convirtió en un tema tabú y se hizo el silencio, como si al no mencionarlo se borrara de la historia. Cuando se dieron cuenta de la mala fama adquirida y de que iba a resultar complicado que alguien les diera trabajo, empezaron a vender joyas, *gadgets*, aparatos electrónicos, ropa, zapatos, cosas sin usar acumuladas en clósets, cajones y gavetas. Poco a poco se quedaron sin cosas, sin dinero.

Por eso, cuando se enteró de nuevos casos de suicidio, aunque parecían aislados y no eran tan abundantes como la epidemia de años atrás, Sonia pensó que era momento de reanudar el lucrativo negocio. Además, estaba segura de que los medios y las autoridades escondían información para no alterar a la población.

Mientras saboreaba la comida china, pensó que para que la empresa renaciera y prosperara tendría que enterarse del suicidio de un famoso o de un anónimo con una historia peculiar; podría inventarla, claro, pero el primer golpe tendría que ser algo verídico. Mateo recogió los envases de unicel y los tiró en el cesto de basura de la cocina, regresó con un palillo de dientes y otra caguama.

Sonia estaba a punto de platicarle la idea para que entre los dos pensaran en algo, cuando se le ocurrió algo mejor. Claro, el suicidio de alguien famoso, eso sí que levantaría a la empresa. Realizó algunas búsquedas en Internet y no demoró en dar con el medicamento para la migraña. Pagó con la tarjeta de crédito. El producto llegaría en un par de días. Miró a Mateo con ternura y empezó a pensar en lo que diría cuando llamara a la policía y a la prensa para darles la fatal noticia. Luego se puso a buscar fotos de Mateo, donde apareciera feliz y lleno de vida, mientras ideaba la triste historia de un famoso empresario, que arrepentido de haber lucrado con el dolor ajeno, se suicidara.

## El niño

El pequeño bulto se movió ligeramente, pero Bertha no hizo caso; siempre tenía alucinaciones, sobre todo de madrugada, cuando el insomnio no le daba tregua y deambulaba por el departamento como si de pronto pudiera encontrar al sueño en algún rincón para llevárselo a la cama. Iba de regreso al cuarto, luego de pasar al baño, cuando volvió a ver que el bulto se movía. Demasiado real para que fuera una alucinación. Encendió la luz de la sala, con la seguridad de que la aparición se esfumaría, pero lo que halló fue un niño.

Un pequeño como de siete u ocho años que dormía profundamente en el sillón. Estaba tapado con la manta que Bertha había tejido hacía muchos años, cuando vivía con Armando y pasaban largas horas durante la noche planeando la vejez, el ocio, los viajes, las navidades con la familia, los cumpleaños, las caminatas y el hijo que nunca llegaría.

Se acercó tratando de no hacer ruido, pero se tropezó con la mesita de noche y se pegó en el dedo pequeño del pie izquierdo con la pata del sillón. Se cubrió la boca, se le nubló la vista del dolor. Luego observó al chamaco. Tenía la cara pringosa. Sus manitas entrelazadas reposaban sobre el pecho. ¿De dónde había salido? ¿Por qué estaba en la sala de su casa? Bertha no atinaba a encontrar respuesta alguna. Hacía ya varios años que su memoria no funcionaba del todo bien, olvidaba con frecuencia las llaves, alguna tarea que estuviera haciendo, los nombres y hasta los rostros de las personas, a tal grado que había perdido a varios amigos. Pero esto era demasiado.

Trabajaba en una oficina de gobierno, donde la relegaron poco a poco, hasta dejarla en un rincón, al lado de la fotocopiadora, justo a un costado del elevador. Ya pocos se acordaban cuando había sido una excelente editora y administradora. Desde muy joven entró a trabajar a las oficinas de Cultura y si la habían aguantado durante tanto tiempo, primero fue por su profesionalismo y después por respeto a su madre, una prestigiosa investigadora que parecía negarse a morir, a pesar de su avanzada edad, como si supiera que una vez en la tumba, Bertha perdería la chamba y la poca estabilidad que le quedaba.

Acarició la cabeza del niño. Del seco pelo negro se desprendió polvo, tenía mechones pegajosos y tiesos. Quién sabe desde cuándo no se bañaba.

Pensó que en cuanto despertara lo metería a la tina,

luego trataría de encontrarle alguna prenda de ella que le quedara, mientras echaba la pequeña ropa a la lavadora, o quizá lo mejor sería comprarle ropa nueva. Adelantó la mano para despertarlo, pero se arrepintió de inmediato. El niño dormía apaciblemente, su respiración era pausada y tranquila.

De pronto se le vino un aluvión de recuerdos. Alguna vez pensaron en tener hijos. Uno o quizá dos. Hicieron planes, listas, presupuesto, como siempre. Se hicieron pruebas médicas y, cuando les confirmaron que era posible que trajeran al mundo un bebé sin complicaciones, decidieron que lo harían. Dejaron de cuidarse, se dedicaron a practicar sexo de forma metódica, eran tan organizados que incluso Bertha llevaba la cuenta de sus días de fertilidad, hizo dieta, ejercicio y procuraba no desvelarse. Armando también se esmeró. Ya hasta pensaban en cómo decorarían el cuarto del bebé. Eran tan ordenados que a veces ellos mismo se hacían burlas, tantas previsiones, tantos planes, tantas listas. Pero los meses pasaron y Bertha no quedaba embarazada.

Relájate, le decía Armando, no pienses en un hijo, disfruta, así es como se embaraza la gente. Y Bertha procuraba disfrutarlo, pero en su cabeza siempre estaba la necesidad, la obligación de embarazarse, sobre todo ahora que lo habían decidido, que se habían planteado tantas obligaciones que cumplir.

Luego de un año sin lograrlo, se sometieron a un tratamiento costoso y duradero. Bertha desde el principio se mostró reticente, detestaba la sola idea de someterse a tantas pruebas, inyecciones, dietas, pastillas y restricciones.

Después de una fiesta con amigos, Armando la reprendió porque había bebido demasiado. ¿Qué importa ya?, le contestó Bertha, de todos modos jamás tendremos un hijo. Se dejaron de hablar un par de semanas. Bertha se sentía culpable por lo que había dicho, sabía que tenía razón, pero al mismo tiempo sentía que había traicionado un proyecto de vida, un plan perfectamente trazado que por su culpa se iría a la basura. Armando se sentía herido, sentía insultados su hombría y su capacidad de engendrar, como si las palabras de Bertha sólo le hubieran confirmado lo que él miso pensaba desde hacía meses, que su semen era estéril, que no le servía de nada.

La reconciliación llegó de manera inesperada: ambos tuvieron el mismo sueño y se despertaron al mismo tiempo. Se abrazaron sin decir nada. Fue hasta que despertaron por completo, todavía entrelazados, que compartieron el sueño; cada quien contaba un fragmento, la cronología y los hechos eran exactamente los mismos, desde el mismo ángulo de visión, desde la misma sensibilidad culpable y lastimosa:

—Un grito me despertó.

—Entré al baño corriendo.

—Había un nido de serpientes debajo de la regadera, encerrado por el cancel.

–Dentro, había un niño pequeño, con el pene parado y una enorme sonrisa.

–Yo quería salvarlo, abrir el cancel y sacarlo, pero tenía tanto miedo.

–Y el niño no parecía necesitar ayuda alguna.

–En un momento me miraba y me sonreía con una inmensa ternura.

–Luego escuchaba otro grito.

–Y me precipitaba a la habitación.

–Ahí estaba una niña, pequeña, diminuta, parecía una hada de cuento.

–Estaba parada sobre la cama.

–Y señalaba las almohadas.

–De un manotazo, las tiré de la cama.

–Ahí también me encontré un conjunto de serpientes que se movían en un círculo perfecto.

–Un tercer grito me despertó.

–A mí también.

–Lo único que necesitaba era abrazarte.

–Yo también.


La reconciliación duró poco; luego de ese sueño, las peleas y la indiferencia se intensificaron. Bertha se negó a ir a las citas médicas: ¿Para qué?, si de todos modos no pasa nada. No le importó dejar el costoso tratamiento a la mitad, a pesar de que ya habían pagado una buena parte.

Pronto empezaron a vivir como extraños, casi no se hablaban y, por la noches, cada uno se arrinconaba en su orilla de la cama. Ya no compartían más que lo necesario para la supervivencia juntos: Llegó la tarjeta de crédito. Debemos tanto de luz. Hay que pagar el mantenimiento. Ya no salían con amigos en común y cada cual organizaba su tiempo libre como mejor le convenía.

Un sábado por la mañana Bertha se dio cuenta de que Armando no había vuelto, no era la primera vez, pero el domingo la ausencia seguía presente, el lunes y el martes también. Bertha no se lo comunicó a nadie, no era necesario hablar de lo obvio, pero le costó más trabajo del que imaginó acostumbrarse a la ausencia verdadera. Hasta entonces había convivido con una ausencia presente, con un alguien que está ahí y en quien se puede confiar, aunque ese alguien sea una ausencia, sí, una ausencia, pero palpable. Ahora sabía que estaba definitivamente sola, en ese departamento tan grande, con tantas habitaciones, donde tanto había fantaseado con disfrutar a dos niños con juguetes y desorden y caos. Ahora esa posibilidad estaba clausurada.

A las pocas semanas del abandono de Armando, Bertha dejó de contestar correos, de encontrarse con autores, de pasar información de promoción. Su descuido fue tan notorio que el jefe la llamó con urgencia a la oficina.

—Bertha, ¿estás bien, necesitas un descanso, vacaciones, ayuda? Hemos visto que has omitido citas, has dejado a los autores plantados, los correctores no saben qué sigue, la información para promoción de las novedades no fluye. Bertha, ¿estás bien?

El tiempo, implacable, transcurrió entre semanas, meses y días festivos. Resultó evidente que Bertha no era ya capaz de hacerse cargo de nada, de lidiar con la gente. El director le quitó sus responsabilidades y la dejó a cargo del archivo muerto.

Bertha observaba al niño, maravillada y asustada. ¿Cómo llegó ahí? ¿Tenía familia? ¿Alguien lo buscaba? Pensó en las acciones que llevaría a cabo al día siguiente y elaboró una lista: darle de desayunar, bañarlo, ponerle ropa limpia si eso era posible, tratar de averiguar quién era, cómo llegó ahí. Se acordó de una canción de cuna que le cantaba su bisabuela, era una canción cruel, pero la tonada la adormecía. Recordó más o menos la letra: *Antes de la media noche, viene, viene, el oscuro, el que se lleva a los que tienen los ojos luminosos. Duerme, niña, duerme, para que tus ojos luminosos no atraigan al oscuro, duerme, niña, duerme.*

Bertha se quedó dormida en el piso. El despertador la sobresaltó. Tenía los músculos entumecidos. Temblaba de frío. No entendía por qué no se había cubierto con la cobija que abrazaba. Tampoco recordaba como había llegado ahí, ni lo que había soñado.

## SE LLAMA SERGIO, MAMÁ, ES EL HUÉSPED

Sabía que eran las cuatro de la mañana: portazos, botellas que ruedan en el suelo, pasos apresurados, bultos que caen, murmullos, carcajadas. Ruth roncaba dándole la espalda. No entendía cómo no la despertaba el alboroto del huésped, a ella que desde niña tuvo el sueño tan ligero. Clavó los ojos en el techo. Cada madrugada se preguntaba lo mismo: ¿qué tanto hacía ese muchacho? Desde que llegó no había logrado dormir de corrido una sola vez. El escándalo iniciaba a las cuatro siempre con la misma intensidad y duración. De buena gana hubiera subido desde el principio para echarlo definitivamente, pero necesitaban el dinero, era lo único con lo que contaban para sobrevivir.

—¿Cómo es el muchacho, Ruth?

—Normal, mamá, ¿cómo quieres que sea?

—Descríbemelo.

La solterona se desentendía de las súplicas maternas. Se apresuraba a la cocina o fingía estar ocupada en su teléfono celular, como si su madre no supiera que ni amigos tenía. A últimas fechas, por cierto, cuando su economía decayó al grado de tener que rentar parte de su hogar, la madre se arrepintió amargamente de no haberla dejado casarse. Estaba segura de que con un marido, ellas no tendrían que soportar las penurias de la miseria. Cómo no se dio cuenta a tiempo de que Ruth era una buena para nada. Ni siquiera fue capaz de mantener a flote el negocio que su padre construyó con tanto esfuerzo.

Ruth notaba que su madre la veía con un desprecio mal disimulado. Los reproches iban en aumento día a día. Al inicio fueron suaves: Ay, hija, si tan sólo hubiéramos conservado el negocio de tu padre. Qué lástima no poder disfrutar de esta casa completa. La vida… la vida nos pone en nuestro sitio, lo malo es que a veces arrastra a los inocentes en la corriente de la desgracia.

Luego de casi un mes de rentar el piso de arriba al misterioso muchacho que iniciaba sus frenéticas actividades a las cuatro de la mañana, la madre estalló en cólera:

—¡No puedo creer que hayas sido lo bastante imbécil para perder el negocio que nos dejó tu padre!

Ruth escuchó perfectamente y una descarga de furia recorrió su cuerpo, pero permaneció quieta. La habitación se inundó de un olor agrio, como de leche echada a perder. Ruth caminó despacio hacia la puerta, con todos los músculos de su cuerpo tensos, la cabeza erguida y la mirada temblorosa.

Se encerró en el baño. Lloró de rabia. Odiaba a su madre, pero todavía más a sí misma. Al principio se quedó por obediencia, luego por displicencia, poco después por resignación y ahora porque no tenía de otra. El negocio de dulces típicos que dejó su padre tenía años que sólo generaba gastos. El padre lo mantuvo y ella se lo permitió, por pura nostalgia. Cuando murió, sólo dejó deudas y una pequeña bodega con dulces echados a perder. La venta de la fábrica les reportó algún dinero para saldar compromisos y sobrevivir un par de meses. Ruth tenía más de cincuenta años y jamás había trabajado en nada que no fuera la fábrica familiar. No tenía ahorros y mucho menos algo de valor. A pesar de las reticencias de la madre, logró convencerla de que rentaran la parte superior de la casa, que contaba con tres habitaciones y un baño. La cocina la compartirían con el huésped, quien además tendría el privilegio de una entrada privada, pues cuando el padre construyó la casa e instaló su estudio en el primer piso, adaptó escaleras externas para poder entrar y salir directamente sin ser visto.

Ruth instaló el dormitorio de ambas en donde antes hubo un pequeño salón de juegos de mesa, al lado del comedor. Dejó la habitación matrimonial con lo mínimo indispensable para ser ocupada. El estudio del padre permaneció con el escritorio, los libreros y el diván intactos. Instaló la televisión en el cuarto restante.

—Nos vas a dejar sin tele, Ruth. ¡Ruth, te estoy hablando! —gritó la madre cuando la vio subiendo el aparato a duras penas por las escaleras.

Aunque trató de explicarle que el anuncio de renta ofrecía varios servicios, entre ellos la televisión con cable, la madre dejó de hablarle durante varios días.

—Además ni lo conozco, no le he visto ni la cara. No quiero extraños en la casa.

—No quisiste salir a conocerlo, mamá. Te lo pedí, te dije que era importante, pero no me hiciste caso.

La madre manoteó como si espantara una mosca y se hundió en una cólera sorda.

—Mamá, ya lo habías entendido, no teníamos más remedio. Mamá... mamá. Ay, si por mí fuera tampoco rentaría. Esta división tan fea... —recordó las tardes corriendo por toda la casa, tirada de espaldas en la azotea viendo las estrellas, mirando por la ventana hacia la calle mientras transcurría la tarde, las sesiones familiares frente a la tele en la merienda. Era tanta su ensoñación que cerró los ojos, pero cuando los abrió de nuevo; se encontró con la mirada severa de su madre. Y como si hubiera visto lo mismo, dijo:

—Siempre fuiste una niña boba, de poca inteligencia. Pobre criatura —de inmediato sintió la bofetada del lado derecho, que la dejó aturdida y medio sorda.

—Perdóname, mami, perdóname —Ruth se arrodilló y le abrazó las piernas.

Durante largo rato sólo se escucharon los sollozos de Ruth. Y una vez más, ese olor a leche podrida inundó el espacio. De pronto escucharon pasos en la parte de arriba. Eran pasadas las seis de la tarde. Ambas se recompusieron, se acomodaron el peinado y Ruth se limpió las lágrimas con la manga de su blusa. Sin saber por qué, se sintieron descubiertas y una oleada de vergüenza acrecentó los rencores acumulados. Luego, para mayor desconcierto, escucharon unos brinquitos que descendían por la escalera de la casa. Era la primera vez después de semanas que el huésped bajaba al interior de la casa.

Ruth miró a su madre aterrorizada, quien le hizo señas para que saliera del cuarto y cerrara la puerta tras de sí.

Lo encontró en la cocina, silbaba una melodía que a ella le pareció conocida y desagradable a la vez.

−¿Qué tal?

El inquilino ni siquiera la volteó a ver. Sacaba y disponía víveres de una bolsa de tela. Cuando terminó, preguntó:

−¿Dónde puedo poner esto? −Ruth permaneció un momento perpleja. Ese no era el inquilino del cual había recibido el anticipo y al que le había entregado las llaves. Estuvo a punto de preguntarle quién era y qué hacía en su cocina, pero optó por hurgar en su memoria más tarde, segura de que le estaba jugando una mala pasada.

−Aquí −dijo, mientras abría las puertas de un anaquel que había dejado vacío a propósito−. También puedes guardar en el refrigerador, acá −señaló otro espacio vacío−. Nadie tocará tus cosas. Puedes usar lo que quieras de la cocina. Allá están los platos y vasos, por acá los sartenes y las ollas −habló demasiado rápido y casi corrió de un lugar al otro para mostrarlos.

El huésped la miró con impaciencia y entonces ella se ruborizó y lo dejó solo en la cocina sin despedirse.

−¿Entonces?

−Entonces, ¿qué? −Contestó Ruth todavía con la cara ardiendo.

—¿Cómo es el muchacho?

Ni siquiera escuchó la pregunta. Estaba segura de que no era la misma persona a la que le había dado las llaves. El otro era delgado y alto, con ojos negros profundos y apariencia de ser muy joven. Este, en cambio era, bajo, medio panzón con ojos impacientes y una ligera calvicie que amenazaba con avanzar a grandes zancadas. Uno cambia, sí, pensaba ella, pero no así.

—No me contestes si no se te da la gana, pero te advierto que no quiero pasar otro mes sin televisión, ha sido un calvario estar aquí encerrada.

—Pero no tienes que estar aquí encerrada, te he dicho que salgas al comedor, que te sientes en las tardes en la sala.

—No, además qué tal si se le ocurre bajar al muchacho ese, como ahora mismo. No quiero que me vea y tampoco quiero ver al invasor de mi casa.

Ruth pensó que en efecto era mejor que no lo viera; qué tal si le preguntaba si era el mismo o era otro, qué le contestaría. Ella misma no estaba segura de nada.

Esa noche estuvo despierta varias horas, no lograba conciliar el sueño. En su cabeza aparecían los dos huéspedes tan diferentes. Será que el huésped le dejó el lugar a un amigo, pero de ser así, ¿por qué no le avisó? ¿Por qué el nuevo no se presentó? Ya de madrugada se le ocurrió que la próxima vez que lo viera, con la apariencia que fuera, le diría por su nombre: Sergio. Eso sin duda aclararía sospechas, pues entonces sabría si se trataba de dos huéspedes distintos. Cerró los ojos satisfecha y los abrió de nuevo, espantada. ¿Y si se trataba de personas distintas con el mismo nombre? ¿Cómo saber lo que estaba pasando? Minutos después, la madre abriría los ojos, molesta y desesperada por los ruidos que se repetían noche tras noche a la misma hora, con la misma duración e intensidad. Miró la espalda de su hija y envidió el sueño tranquilo en el que parecía estar sumida.

Una semana después, Ruth encontró un sobre encima de la mesa de la cocina: era del huésped con el pago de otro mes de renta y un recado sin firma, en el cual indicaba que estaba muy a gusto. Pensó durante algunos segundos en la identidad del huésped, pero lo desechó al darse cuenta de que por fin completaría para comprar una televisión de segunda mano para su madre.

—¿Y eso?

—Tu tele, mami, tu tele nueva —dijo Ruth con entusiasmo, mientras le decía a un joven cargador dónde ponerla.

—¿Cuál nueva? Yo no quiero ese cacharro, quiero mi tele plana.

—Pero sirve muy bien, doña, mire. Hasta antena integrada trae —dijo el chico mientras la conectaba y encendía—. Uy, huele como… como a vomito de bebé —agregó el muchacho sin obtener respuesta.

—Pero no tiene cable —insistió la madre.

—No hay problema, por una propina se lo conecto, dice que arriba sí hay, ¿verdad?

Ruth asintió y salió con el muchacho.

—¡Y el control remoto! —gritó la señora.

—Ay, mamá, ¡ya! Luego te consigo uno.

La madre se apaciguó con el aparato. Ambas se la pasaban todo el día cambiando de canal y por las noches la dejaban encendida, pero ni así la madre dejó de escuchar ruidos en la madrugada. Casi a diario el huésped bajaba a la cocina, por la tarde. Ellas evitaban estar fuera en esos momentos.

—Buenos días —escuchó Ruth a sus espaldas mientras preparaba el desayuno. Quiso salir corriendo.

—Perdón, ahorita te dejo la cocina —dijo nerviosa, mientras limpiaba con un trapo moronas de pan.

—No te preocupes, no me molesta —contestó el huésped mientras sacaba alimentos de la alacena y el refri. Ruth hacía lo posible por evitarlo, pero de pronto se toparon de frente y apenas alcanzó a reprimir un grito, no era posible, no y no. Este huésped no se parecía en nada a los dos anteriores: era menudo, de cabello ondulado castaño y grandes ojos cafés, aparentaba unos treinta años.

—Ay, Sergio, perdón, casi te tiro —dijo con voz temblorosa.

—No te preocupes —contestó el otro con una sonrisa y salió de la cocina con café y un sándwich.

El muchacho le pareció agradable, mucho más que los otros dos. Incluso sintió cierta atracción, por su voz amable y mirada fresca. Sonrió al recordar que durante su adolescencia y juventud tuvo prohibido llevar a una persona del sexo masculino a la casa. Ahora ya no tenía caso, ya para qué; estaba condenada a cuidar a su madre hasta su muerte y luego a esperar la suya en soledad.

Seguía consternada por el huésped que cada vez que aparecía era distinto, pero por otro lado empezaba a disfrutarlo. Era una delicia tener a tantos hombres en su casa, en el piso de arriba, en las mismas narices de su madre, que no se percataba de nada y se la pasaba quejándose del ruidoso muchacho.

Al mes siguiente encontró otro sobre en la cocina, con la misma cantidad de dinero y una nota aclarando que se trataba de la renta.

—Chingao, ¿qué no podemos conseguir otro huésped? Este es muy ruidoso, no sé cómo le haces para no escucharlo, ¿te estarás quedando sorda?

Ruth ni se inmutó. Empezó a coleccionar las notas. Ya no se inquietaba cuando se topaba con el huésped y distinguía perfectamente que se trataba de una persona que jamás había visto antes en su vida. Siempre lo saludaba por su nombre: Sergio. A veces el huésped respondía con amabilidad, otras distraído, o con indiferencia, pero Ruth siempre se regocijaba.

Se volvió descuidada: salaba la comida, olvidaba darle los medicamentos a las horas precisas a su madre, quien, ya con televisión en el cuarto, permanecía encerrada y sin bañar, con la pantalla del aparato como única luz. Una peste insoportable a leche echada a perder inundó la habitación y empezaba a escapar hacia el comedor.

Un día la madre tuvo que ser trasladada de emergencia al hospital. Mientras la sacaban del cuarto en una camilla, la anciana vio al huésped a mitad de la escalera y gritó espantada:

—Ruth, ¿quién es ese hombre? ¿Qué hace aquí? Ese es el que no me deja dormir en las noches, Ruth, ese es.

—Se llama Sergio, mamá, es el huésped —contestó Ruth, mientras miraba a un muchacho gordo, de cabello rubio y bigote ralo, con una sonrisa enamorada.

# Jaulas vacías

Por fin cesaron los llantos, Miguel se sobresaltó con el silencio. Miró su reloj; aún no era hora de la ronda pero, intrigado por el repentino vacío que se instaló en su estómago, tomó la linterna, se aseguró de traer la pachita en el bolso interno de la chaqueta y se encaminó hacia las jaulas.

Por la mañana, su esposa le había enviado noticias y declaraciones de varias personas que se quejaban del trato inhumano a esos niños. Y él no entendía que gente, incluso famosa y admirada, hiciera declaraciones tan extravagantes. Él mismo tenía dos hijos pequeños, no quería alejarse de ellos jamás, mucho menos abandonarlos, pero no por eso incumplía la ley. Y en este trabajo simplemente cumplía con su deber. Además toda esa gente sabía los riesgos que correría y de todos modos se aventuraba a cruzar una frontera prohibida para ingresar en un país que no podía aceptarlos y que además no los quería. Por otro lado, las quejas eran excesivas, ni siquiera los trataban tan mal, tenían comida, ropa, baño diario, juguetes y hasta televisión.

Con esa reflexiones y los ojos hinchados, Miguel se encaminó a las jaulas, los espacios de dos por dos metros —que tampoco eran tan pequeños, a su modo de ver— donde se encontraban los frijolitos, como su mujer y él se acostumbraron a decirles desde el primer día.

Echó un trago de whisky barato. Dentro de las jaulas sólo se veían los bultos cubiertos por mantas del Ejército de Salvación. En algunos casos asomaba un pelo azabache, a veces uno más claro o de plano nada, la cabecita hundida en el cuerpo, como si quisiera protegerse de algo. Pero ¿de qué?, se preguntaba Miguel, que sabía por reportes oficiales que esos niños sufrían en sus países de origen y que sus padres los tenían muertos de hambre. Por eso no le parecía mal que los dieran en adopción en un país de Primer Mundo, que contaba con toda la infraestructura para que se hicieran ciudadanos de bien: comida, educación y un oficio digno. Sabía por las noticias y los responsables del centro de resguardo que los padres llegaban amañados y sin remedio; en cambio los niños tenían posibilidades, en casi todos los casos, de convertirse en gente trabajadora y consciente del favor que este enorme país les ofrecía.

Mientras hacía su rondín recordaba las frases leídas o vociferadas en los medios de comunicación: "Esos niños han sido tomados como rehenes de Trump porque quiere

que se aprueben recursos para el muro en la frontera".
Miguel sacudió la cabeza con furia. Trump era sin duda
el mejor presidente que habían tenido en años. Le costaba mucho reconocer, incluso para sí mismo, pues jamás
lo hubiera hecho en público, que no había votado por él.
Su actitud le recordaba a los *bullies* que en la escuela le hicieron la vida de cuadritos. Ahora que Trump era presidente y que él mismo se informaba más, gracias a la televisión y las redes sociales, le gustaban sus propuestas;
sin embargo, esa imagen de viejo decrépito que se creía
un galán nomás no le checaba; como su padre decía, a la
vejez, viruelas y pendejuelas. Y aunque jamás entendió
muy bien a qué se refería, Trump le parecía el típico caso
que cuadraba con esa aseveración.


A la vuelta de un pasillo se detuvo de pronto, o más bien
sus pies dejaron de obedecer y se plantaron ahí, como
si ese fuera el mejor lugar en el mundo para permane-
cer. Miró hacia un lado y luego hacia otro. El silencio
era ensordecedor. Era la primera noche sin sollozos, ni
mamita… aaah… papá… aaah. Al principio se sintió,
aliviado, ya estaba harto de tanto lloriqueo, pero luego
se sintió incómodo y hasta temeroso. Su esposa le había
preguntado un par de días antes si era cierto que sedaban
a los niños para que dejaran de llorar. Miguel, indignado, le respondió que jamás, el gobierno no sería capaz de
tal atrocidad. Y recordó lo que alguna politiquilla dijo:
Es necesario poner punto final a esta política inhumana

y bárbara. ¿Será cierto todo lo que dicen?, se preguntó, mientras su mirada recorría las rejas de las jaulas que parecían abarcar el universo entero.

Miguel iniciaba su turno por las noches, como era de reciente ingreso todavía no tenía oportunidad de rolar sus turnos. De día no estaba y jamás había visto a los niños mientras comían, jugaban o supuestamente recibían clases. Cuando él llegaba ya estaban dormidos o sollozaban envueltos en cobijas o en mantas térmicas plateadas que los hacían parecer larvas extraterrestres. Durante las dos semanas comisionado en el Centro de Detención para Menores —antes pasaba sus días en el Departamento de Salud y Servicios Humanos, donde redactaba informes y oficios con datos que le proporcionaban otras personas— se la pasaba en vela, recorriendo largos pasillos en las horas de rondín para verificar que los frijolitos estuvieran tranquilos.

El enorme recinto estaba en silencio. Las luces encendidas le daban una atmósfera irreal a'la noche. Él tenía la fortuna de dormir en una cabina sin luz y podía bajar las persianas para que no le entrara ningún rastro de iluminación; ellos, en cambio… Miró con detenimiento los bultos dentro de las jaulas, sin lograr entender lo que le llamaba tanto la atención y por qué no era capaz de dar unos cuantos pasos para alejarse de ahí. Sacó la pachita y le dio un largo trago que lo hizo toser. Por más que lo intentó, no logró ahogar el estruendo para no despertar a los pequeños. Sentía que el whisky se había desviado por un lugar que irremediablemente lo ahogaría, así que tosió varias veces, con el rostro enrojecido y las manos arriba. Cuando al fin recobró la calma miró espantado a su alrededor. Las mantas seguían ahí en el piso, cubriendo bultos pequeños que no se movían. Eso era lo que lo había inquietado tanto: la quietud, el silencio que, de tan intenso, resultaba atronador.

Buscó las llaves en el cinturón, pero no las llevaba. Le habían advertido que por ningún motivo debía abrir las jaulas. Si a un niño le ocurría algo era obligatorio llamar a la central para que se hiciera cargo, pero él no estaba facultado para brindar ayuda, para consolar a los niños –intocables– y mucho menos para abrir las jaulas. Entonces visualizó la vez que su abuela lo dejó encerrado en el cuarto donde él dormía con sus hermanos. Ni siquiera recordaba la fechoría que mereció ese castigo, pero todavía sentía el encierro, la desesperación, la angustia y el coraje. Afuera escuchaba a su familia conviviendo; el volumen de la televisión aunque demasiado alto que no vulneraba el sonido de platos y cucharas, los juegos infantiles, las historias del abuelo que tanto le gustaban. Si ese episodio se le quedó en la mente, ¿qué sería de estas criaturas?, se preguntó. Le dio otro trago al whisky, las últimas gotas a su garganta.

Caminó con sigilo de regreso a su dormitorio y por primera vez se sintió observado, como si de las cientos de jaulas miles de ojos tuvieran la mirada fija en su figura regordeta, frágil y debilucha. Apresuró sus pasos, mirando hacia todos lados, sudaba y lo único que sus ojos percibían eran esa malditas mantas inmóviles dentro de las jaulas, abandonadas como por equivocación, dentro de las cuales, le parecía, no había nada ni nadie.

Se encerró en su cuarto, sacó la botella de whisky y rellenó la pachita. Miró el reloj: 3:30. Juntó las manos abombadas en su boca y sopló, a ver si lograba percibir el olor a alcohol, pero nada. Entonces recordó, como en un *déjà vu*, cuando su padre lo castigó porque regresó enlodado luego de un partido futbolero de barrio. Se quedó sin cenar, y eso que iba muerto de hambre, tuvo que lavar su ropa a mano antes de bañarse con agua fría. Y luego se fue a la cama con retortijones en la barriga. Recordó cómo se cubrió entero bajo las cobijas, no quería que nadie viera su vergüenza por haber llegado sucio y tarde, por su inmensa desgracia. Sus hermanos, mientras, recién cenados y bañados, reposaban en sus camas, despatarrados con las cobijas a medio cuerpo y la respiración acompasada del que nada debe.

Salió de su habitación a las 4:10. El orgullo del deber se había evaporado. Ahora se sentía culpable: ¿Qué diablos

significaba resguardar a una bola de chamacos separa-
dos de sus padres, indefensos y solos? ¿Resguardarlos
de qué?

Tomó el llavero de la cabina de entrada y, sin pensar
en las órdenes recibidas, caminó por el pasillo A y abrió la
primera jaula. Hizo todo el ruido que pudo, pero no hubo
respuesta. Las mantas seguían inmóviles, como si debajo de ellas hubiera sólo aire, un bulto, nada. Esperó un
momento y carraspeó con amabilidad, según él para no
espantar a los durmientes. Nada. Observó las demás jaulas, las mantas seguían igual, ahí, como amontonadas,
sin vida ni arriba ni abajo ni en ningún carajo lado. Eso
le pasaba siempre que bebía, le venían como en cascada
las palabras aprendidas de niño: *carajo, chingada, pinche*...
Llegó muy chamaco a Estados Unidos y desde el principio sus papás procuraron que hablara el nuevo idioma; si
podía olvidar el anterior, mejor. Más vale, decía su papá,
haciendo de tripas corazón cuando la abuela no pudo ve-
nir y se murió allá sola en el rancho, cuidada y con como-
didades, pero sin su familia.

Miguel abrió todas las jaulas, una por una, con calma.
Dentro, lo diría después durante le juicio, no había nadie,
nada. Las abrió, no porque quisiera dejarlos escapar: las
abrió por el silencio, por los recuerdos, por algo que le
oprimía los pulmones y le impedía respirar. Por supuesto, nadie entendió sus razones. Muchas veces removió la
manta con la punta del pie; otras, las jaló de golpe, pero

dentro sólo había aire. Un aire que, comentaría a los reporteros, hasta le removía el cabello y le trastocaba el cuerpo, un aire frío, como un suspiro.

Lo acusaron de haber liberado a más de trescientos niños, pero nunca hubo pruebas. Lo acusaron de haber faltado con el deber, de haber entregado esos niños a sus padres. Los pocos que lo defendían lo consideraban una especie de Nicholas Winton, Oskar Schindler o Irena Sendler. Pero él siempre afirmó que, desde que inició su rondín esa noche, los niños ya no estaban. Confesó haber abierto las jaulas, pero afirmó una y otra vez con una vehemencia salvaje que debajo de esas mantas no había nadie, no había nada, acaso sólo aire en esas jaulas vacías.

# ÍNDICE

**Bibiana Camacho** (Ciudad de México, 1974) es exbailarina, editora, traductora y encuadernadora artesanal. Ha colaborado en medios impresos como *Día Siete, La Tempestad, El Puro Cuento, Generación, Replicante, Laberinto*, entre otros. Fue becaria del Programa Jóvenes Creadores del FONCA, generación 2008-2009, y es miembro del Sistema Nacional de Creadores del Arte desde 2012. Ha publicado las novelas *Tras las huellas de mi olvido* (Almadía, 2010, mención honorífica en el Premio Nacional de Primera Novela Juan Rulfo 2007 y finalista del Premio Antonin Artaud 2010) y *Lobo* (Almadía, 2017). Publicó las colecciones de cuentos *Tu ropa en mi armario* (2010) y *La sonámbula* (Almadía, 2013). Cuentos suyos están incluidos en las antologías *Ciudad fantasma* (Almadía) y *Avisos clasificados*, ambas publicadas en 2013. Actualmente es asistente editorial y guionista del programa televisivo *La otra aventura*, dirigido por el escritor Rafael Pérez Gay y transmitido por Canal 40.

Títulos en Narrativa

LOBO
LA SONÁMBULA
TRAS LAS HUELLAS DE MI OLVIDO
**Bibiana Camacho**

CAMERON
**Hernán Rosino**

LOS ACCIDENTES
**Camila Fabbri**

LAS INCREÍBLES AVENTURAS
DEL ASOMBROSO EDGAR ALLAN POE
INFRAMUNDO
LA OCTAVA PLAGA
TODA LA SANGRE
CARNE DE ATAÚD
MAR NEGRO
DEMONIA
LOS NIÑOS DE PAJA
**Bernardo Esquinca**

LOS QUE HABLAN
CIUDAD TOMADA
**Mauricio Montiel Figueiras**

UNA NIÑA ESTÁ PERDIDA EN SU SIGLO
EN BUSCA DE SU PADRE
APRENDER A REZAR EN LA ERA DE LA TÉNICA
CANCIONES MEXICANAS
EL BARRIO Y LOS SEÑORES
JERUSALÉN
HISTORIAS FALSAS
AGUA, PERRO, CABALLO, CABEZA
**Gonçalo M. Tavares**

TIERRAS INSÓLITAS
**Luis Jorge Boone**

CARTOGRAFÍA DE LA LITERATURA
OAXAQUEÑA ACTUAL I Y II
**VV. AA.**

# JAULAS VACÍAS

de Bibiana Camacho
se terminó de
imprimir
y encuadernar
en mayo de 2019,
en los talleres
de Litográfica Ingramex S.A. de C.V.,
Centeno 162-1,
Colonia Granjas Esmeralda,
Delegación Iztapalapa,
Ciudad de México.

Para su composición tipográfica se emplearon las familias Bell Centennial y
Steelfish de 11:14, 37:37 y 30:30. El diseño es de Alejandro Magallanes.
El cuidado de la edición estuvo a cargo de Alicia Flores.
La impresión de los interiores se realizó sobre papel Cultural de 75 gramos.